脳科学捜査官　真田夏希

アナザーサイドストーリー

鳴神響一

角川文庫
23770

目次

第一章　捜　索

【1】

目が痛くなるほどの青空に輝くように白い入道雲が、もくもくと湧き上がっている。

梅雨時期だというのに、今年は六月下旬からずっと雨降りの日が少なかった。

上杉輝久《うえすぎてるひさ》は長野県の上高地《かみこうち》から入山し、涸沢《からさわ》から奥穂高岳《おくほたかだけ》へと登った。穂高の峰を縦走した後、槍ヶ岳《やりがたけ》を経て北アルプスの最奥部へと歩いてきた。四日ほど歩いたこのあたりはすでに富山県域だった。

上杉は日本アルプスを学生時代にずいぶん歩いた。

知らない山域ではなく、どの山も頂上へ登る必要はなかった。

天候が激変しない限り、山慣れした上杉にとっては不安のない山歩きだった。

ただ、午後に入ると雷雨が襲ってくるおそれがある。夏山の常識として今日も午後三時くらいには小屋に着きたかった。

「くそっ、いったいどこに潜伏しているんだ」

上杉輝久は額の汗を首から掛けたタオルでぬぐった。

背負っている中型ザックにはかなりの食料と着替え、さらにはビバーク用のツェルトも入れてある。だが、上杉にとっては少しも重いものではなかった。

裏腹に上杉のこころは重かった。


――北アルプスの奥に行ってこれから先のことを考えてみます。


五条紗里奈《ごじょうさりな》が上杉に残した最後のメッセージだった。

この言葉だけを頼りに、北アルプスの山をさまよい歩いていた。

上杉は神奈川県警刑事部の根岸《ねぎし》分室長である。

紗里奈は、上杉の警察庁キャリア同期だった香里奈《かりな》の妹だった。

香里奈は上杉がこの世でただひとり愛した女性だった。

妹の紗里奈は、上杉や香里奈とは一八歳も離れていた。

ふたりの両親は北海道大学の同期で学生結婚をした。父親は小学校の教員、母親は北海道庁の職員となった。香里奈はふたりが就職してすぐに生まれた子どもだった。さらにふたりが四〇歳過ぎてから二女の紗里奈を授かったのだ。

香里奈も紗里奈も北海道育ちだった。両親は、現在は小樽《おたる》市で悠々自適の日々を送っているという。

上杉は彼女が小学生の頃から知っている。

夏休みなどに、紗里奈はその頃は弘明寺《ぐみようじ》にあった香里奈の部屋に北海道から遊びに来ていた。

香里奈が神奈川県警刑事部捜査二課の管理官、上杉が警察庁刑事局捜査一課に所属していた時代だ。

上杉は香里奈と交際していたわけではない。だが、たまに紗里奈の遊び相手になってやっていた。自分のクルマで迎えに行った紗里奈を、動物園や植物園に連れて行ったことも何度かある。

子どもの頃の紗里奈は、上杉を「テル兄」と呼んでよくなついていた。上杉も不安定で気難しいこの少女がかわいかった。

だが、香里奈が世を去ってから一二年の間、紗里奈と会うことはなかった。

次に会ったのは今年の二月だった。

神奈川県警みなとみらい分庁舎に用務で出かけたときだった。

驚いたことに紗里奈は警察官に任官していた。彼女は本部の機動鑑識第一係に所属する巡査となっていたのである。

現場鑑識活動服に身を包んだ姿を、庁舎内で見ても上杉は気づかなかった。

彼女がいきなり名乗ってきて、上杉は飛び上がるほど驚いた。

紗里奈はすでに二四歳になっていた。

大学で生物学を専攻していた彼女が、なぜ警察官となったのかについてはなにも知らない。

香里奈のただひとりの妹が、同じ刑事部にいたことは神の啓示のようにも思えた。

紗里奈は、上杉にとっては見守り続けたい存在となった。

だが、いたずらに干渉はしたくなかった。なによりも自分は刑事部内の嫌われ者だ。警察官としてのキャリアを歩み始めた紗里奈にとって、自分と親しいことはマイナスの影響を及ぼすに違いなかった。

あまり接触しないように距離を取りつつ、上杉は紗里奈の動静を眺め続けた。

彼女は鑑識課員として約一年間勤め続けた。

ところが、紗里奈は先月末に副田《そえだ》機動鑑識第一係長に辞表を郵便で送ってきて、そのまま行方がわからなくなっていた。副田吉男《よしお》警部補は紗里奈の上司に当たる。井土ヶ谷《いどがや》の独身寮の荷物も消えていたと聞いた。

それと同時に、たった一行だけのメッセージを上杉のスマホに送ってきた。

上杉は紗里奈の失踪《しっそう》のわけをどうしても知りたかった。

どこかで「テル兄。助けて」という紗里奈の悲鳴が聞こえたような気がした。

彼女を捜すために上杉は一週間の休暇をとった。

ルートの途中に建つ営業中の山小屋には必ず顔を出して、紗里奈らしき女性が立ち寄らなかったか、宿泊の予約をしていないかを尋ねた。

上杉の学生時代とは異なり、いまは山小屋に宿泊するためには予約するのが原則となっている。もっとも、紗里奈がテント泊で移動していたら予約はしていないはずだ。

この時期には登山者はまだ少ない。誰かとすれ違うたびに本部から借りた紗里奈の写真を見せた。こんな女性を見かけなかったかと訊《き》いた。

だが、紗里奈に出会ったという者はひとりもいなかった。

槍ヶ岳から黒部《くろべ》川源流へと続く道を辿《たど》り、双六《すごろく》小屋、三俣《みつまた》山荘にも立ち寄ったが、誰も紗里奈を見てはいなかった。

涸沢周辺の山小屋などはゴールデンウィークには営業を開始するが、このあたりから先の山小屋はほとんどが七月に入ってから開かれる。

それだけ山深く降雪量が多いエリアだといえる。

北アルプス南部でも槍穂高周辺はピラミダルな山容の高峰が多く男性的な景観のエリアだ。黒部源流地帯は標高は高くともなだらかな姿の山が多く、溶岩台地や湿地帯などに恵まれた女性的な眺めが楽しめる。

上杉は路傍の岩に腰を下ろし、双六小屋で作ってもらったおにぎり弁当を開いて早い昼食を取り、水筒のお茶を飲んだ。

食事をしながら佳景を堪能《たんのう》した上杉は、ハイマツの道を上って祖父岳を巻いて雲ノ《くもの》平《だいら》を目指した。

岩場の急登を越えると、高山植物が咲き乱れ池塘《ちとう》が点在する雲ノ平に入った。

標高二五〇〇～二七〇〇メートルの日本で最も高い場所に位置する広大な溶岩台地である。

祖父岳の噴火によって形成された北アルプスの秘境と呼ばれている一帯だ。

このあたりは、どの入山口を選んでも、途中に最低でも一泊しない限りたどり着けない。

紗里奈は本当にこんなに奥深いエリアにいるのだろうか。

だが、わざわざ北アルプスの奥と言っているのだから、黒部川源流地帯を捜さないわけにはいかない。

コバイケイソウの白い花が風に揺れている緩やかな傾斜の登山道を歩き続けると、ひろい雪田が現れた。雲ノ平第二雪田と呼ばれていて夏の終わりまで豊富な雪が残っている場所だ。上杉は滑らないようにゆっくりと進んだ。

雪田を抜けてすぐに上杉の視界は黄色い色彩でいっぱいになった。

ハイマツに囲まれた黒っぽい岩場には、チングルマの黄色い花が一面に咲き乱れている。

右手には残雪が豊かで、ゆるやかな黒部五郎岳《くろべごろうだけ》の秀峰が望める。

雲ノ平にはいくつもの高山植物群落があり、この日本庭園をはじめスイス庭園、ギリシャ庭園、アラスカ庭園などの愛称が登山者たちによって名づけられている。

上杉は立ち止まってチングルマのお花畑に見とれた。

ふと視線を移すと、一〇メートルほど先の岩の上に、ぽつんと座る女性の後ろ姿が見える。

違いない。

「いた……」

独り言が口を衝《つ》いて出た。

ついに見つけた。

つばの狭い麦わら帽子をかぶって、赤っぽいチェックの長袖《ながそで》シャツを着た背中は間違いない。

捜し求めていた紗里奈だ。

ザックをかたわらに置いた紗里奈は細っこい身体を前方に傾けている。

内心で上杉は「やった」と叫んでいた。

声を掛けようとして思いとどまった。

紗里奈はブツブツと低い声でなにか喋《しゃべ》っている。

あたりに人の姿はなかった。

どんな独り言を口にしているのか、上杉は聞いてみたかった。

足音を忍ばせて上杉は紗里奈へと歩み寄っていった。

「ひとりがいいの？　こんなに青空だし、お花もいっぱい咲いているし、ひとりだって淋《さび》しくないよね。わたしもひとりがいい」

紗里奈は小さく首を横に振った。

束ねた後ろ髪が麦わら帽子の後ろで揺れた。

「だけどね、人間ってめんどくさいんだ。ほんとにめんどくさい……」

不愉快そうな声で紗里奈は言った。

いったい誰に話しかけているのだろう。

上杉は息を殺して背後からそっと覗《のぞ》き込んだ。

岩と岩の間に茶色と白のちいさな動物がいる。

黒い目で紗里奈を見つめているのは夏毛のオコジョだった。

「おまえはいいよね。吹雪のなかでも生きていけるんだもんね。わたしは無理」

オコジョはきょとんとした顔で紗里奈を見ている。

そうだった。紗里奈は子どもの頃から犬や猫、動物園の獣たちに話しかけるのが好きだった。

あの頃のままの紗里奈がそこにいた。

上杉が身体を少し動かしたせいだろう。

オコジョはさっと首を引っ込め、岩の間に消えた。

「あ……」

紗里奈は驚いて振り返った。

「テル兄？」

両眼が大きく見開かれた。

香里奈そっくりの鼻筋の通った顔立ちだが、印象はまるで異なる。

化粧っ気がない。眉《まゆ》も描いてないし口紅も塗っていない。ほとんどすっぴんなのだ。うっすらとファンデーションらしきものは塗っているようだが、日焼け止めなのかもしれない。

女性の化粧についてはさまざまな意見もあろう。

論はともかく、こうしたすっぴんは他人を意識していない雰囲気を感じさせて、どこか排他的な印象を受ける。

だが、警察官の場合はあまり問題がないはずだ。逆に濃い化粧は許されない。

紗里奈の両の瞳《ひとみ》の輝きには尋常でない力があると思っていたが、いまはぼんやりとした感じだ。

「テル兄、久しぶり……」

ぽつりと紗里奈は言った。

こんな状況でのあいさつか……とは思ったが、彼女の口もとにはかすかに笑みが浮かんでいる。

とりあえず上杉は歓迎されているようだ。

「こんなところにいたのか」

やわらかい表情を作って上杉は訊《き》いた。

ひとつ間違えると、紗里奈はいまのオコジョのようにどこかに消えかねない。

少なくとも子どもの頃の紗里奈はそんな少女だった。

岩だらけの雲ノ平での追いかけっこは勘弁してほしい。

「テル兄はどうしてここにいるの？」

ぽかんとした顔で紗里奈は訊いた。

顔つきもちょっと甘えたような口調も、上杉が知っている一二歳の紗里奈そのままだった。

「なに言ってんだ。紗里奈を捜しにきたんだよ」

「わたしが雲ノ平にいるってよくわかったね」

小首を傾げて紗里奈は訊いた。

「わからなかったさ。だから上高地からここまで、何日か山のなかを歩いてみた」

上杉の言葉を聞いた紗里奈は目を見張った。

「なんでわたしを捜したの」

紗里奈の表情は静かだった。

上杉はあのメッセージが、紗里奈のSOSに聞こえていた自分のうぬぼれに内心で苦笑した。

「紗里奈に警察に戻ってほしくてな」

上杉は紗里奈の目を見つめてゆっくりと言った。

背筋を伸ばして紗里奈は姿勢をあらためた。

「戻りたくないです」

毅然《きぜん》とした表情と声音で紗里奈は言った。

紗里奈は急に大人の女性に戻った。

「なぜ戻りたくないんだ？」

上杉はやさしく尋ねた。

「わたしには合わない職場だから」

怒りを含んだ紗里奈の声だった。

「合わないってどうして言い切れるんだ」

少しだけ強い調子で上杉は訊いた。

「わたしが自分の力を発揮できる場所とはとうてい思えない」

低い声で答えると、紗里奈はくるりと背中を向けた。

「……現場で気づいたことを言うとみんな変な顔して、わたしが言ったことは無視されるし……いつもキモいとか馬鹿にするし……」

紗里奈は独り言のようにぶつぶつとつぶやいている。

「……だけど、出動前に鑑識ブーツ隠したり、勝手に寮の夕飯キャンセルしたり、報告書にコーヒーこぼしたりって意味わかんないし……わたし、なにか悪いことしてるの？　仕事してただけだよ……わからない。なんでかぜんぜんわからない……」

いくぶん不明瞭《ふめいりょう》な発声で紗里奈は悲しみを口にし続けた。

上杉は胸がつぶれる思いだった。

彼女の話す言葉の一端は上杉も耳にしていた。

鑑識課員として紗里奈はほかの者が持っていないユニークなセンスを持っていた。

まだ一年目なのに、紗里奈は現場で独自の発見をして自説を主張することが多かった。

最初に紗里奈が自分の見解を主張した事件は、西区《にし》の富豪宅で発生した窃盗事件だった。

駆けつけた機動鑑識係も機動捜査隊も、犯人の侵入逃走経路がわからずに現場で悩んでいた。

紗里奈は、ほかの誰もが気づかなかった壁の高所に設置された一五センチ四方の小型換気扇に着目した。一センチくらいの奥行きの開口部に四枚設けられた換気扇のスリットが開かれていることに紗里奈は気づいたのだ。換気扇はモーター故障で停止していた。

窃盗犯はここからファイバースコープとフレキシブル・ピックアップツールを挿入して、部屋の机に置いてあった指輪を窃取したと紗里奈は考えた。彼女は係長に申告したが、同僚たちには笑われた。

捜査三課の捜査が進み、大阪府や兵庫県で同様の手口を使って数度の犯行を実行している窃盗犯が浮かび上がった。この男は別の窃盗事件で逮捕され収監されていたが、刑期を終えて出所した最初の犯行を横浜《よこはま》市で行ったのだった。常習盗犯の逮捕で事件は解決した。

この事件を皮切りに紗里奈の提言で捜査の方向性が変わったことが何回もあった。同僚たちは賞賛するどころか、紗里奈を疎んずるようになった。

新米のくせにほかの者の意見には耳を貸さず、自説を堂々と主張する行動が嫌われたのだ。

しかも結果としては紗里奈の考えは正しく、事件は解決の方向に向かった。先輩たちの面目は丸つぶれだった。こんな話はあと三件ほど聞いている。

紗里奈は黙ってうつむいている。

「つらかったな」

上杉はとりわけてあたたかい声を掛けた。

紗里奈は上杉へと向き直った。

「テル兄……」

涙をいっぱいに溜《た》めて、紗里奈は上杉に抱きついてきた。

あわてて少し身を離すと、上杉は紗里奈の両肩に手を置いた。

「だから、一緒に帰ろう」

上杉は紗里奈の目を見て諭すように言った。

「ぜったいに嫌……」

紗里奈は強く首を振った。

「俺は紗里奈が優秀な鑑識課員だという話を聞いている。それで同僚たちに妬《ねた》まれているという話もな」

「誰からですか」

紗里奈はきつい目つきになった。

誰かの悪口から上杉が事実を知ったと思ったのかもしれない。

「柴田《しばた》鑑識課長だよ」

「課長が……」

紗里奈は口をぽかんと開けた。

意外だったのだろう。

機動鑑識第一係長を飛び越して、鑑識トップの鑑識課長が、自分のことを見てくれていた。

警察組織のなかではふつうはあり得ない事実とも言える。

本部の鑑識課長は、ベテランの刑事や鑑識課員が就く職で、その後は捜査第一課長の地位に異動することが多い。

柴田勝秀《かつひで》鑑識課長は豪放で有能な人物と上杉は思っていた。福島正一《ふくしままさかず》捜査第一課長と並んで神奈川県警の多くの刑事たちに尊敬され愛されていた。

紗里奈が辞表を郵送してきた時点で、上杉は柴田課長から紗里奈について相談を受けていた。

そのときに紗里奈の鑑識課内でのようすは詳しく聞いていた。

はじめ柴田課長は福島一課長に相談し、福島が上杉を引っ張り出したのだ。福島は上杉と紗里奈の子ども時代の関係をもちろん知らない。なぜ、福島がこの問題について上杉を指名したのかは謎だった。

「柴田課長は紗里奈のことを心配している。『優秀な捜査員になれる素質を持っているのに、いまの環境がよくない』と言っていたんだ」

「そうなんですか」

紗里奈の表情は変化に乏しかった。

彼女は課長の言葉に驚きはしたが、感激したという風には到底見えなかった。

「ああ、柴田課長は『まさに出る杭《くい》は打たれるというヤツだな。あの才能が育たないのは惜しい』とまで言っていたんだ」

上杉は言葉に力を込めた。

「なんだかピンときません」

素っ気ない調子で紗里奈は答えた。

「そうか……」

上杉は肩を落とした。柴田課長の評価や期待も紗里奈のこころを動かすことはできなかったようだ。

「やっぱり帰る気にはならないか」

無駄とわかっていても、上杉は念を押さざるを得なかった。

「無理です」

かたくなな調子でふたたび紗里奈は首を横に振った。

「わかった」

上杉はあきらめの吐息を漏らした。

「ごめんなさい」

紗里奈は肩をすぼめて頭を下げた。

情けなさそうなその顔を見て、上杉は笑いが出そうになった。小学生の頃、姉の大切にしているマグカップを割ってしまってしょげていたときの顔つきそのままに見えたからだ。

「自分の生き方は自分で決めるもんだ。謝る必要はないさ」

紗里奈はもう一度ちいさく頭を下げた。


【2】

「ところで今夜は雲ノ平山荘に泊まる予定なのか」

上杉は問いを変えた。このまま紗里奈を連れ帰ることは無理そうだが、今夜は同じ山小屋に泊まるつもりだった。彼女が中型ザックで山に入ったということはテントは持っていないはずなので、小屋泊まりしかない。雲ノ平山荘はここから一時間ほど歩いたところにある。

「雲ノ平には二泊したし、そろそろお風呂《ふろ》に入りたいから……」

ちょっとはにかんだように紗里奈は答えた。

「おお、高天原《たかまがはら》山荘に下りるか」

雲ノ平山荘から三時間ほど尾根を下った場所には池塘《ちとう》や池、湿原に囲まれた高天原という湿原が存在する。水晶岳《すいしょうだけ》の地滑りによって生まれた窪地《くぼち》や緩斜面が湿原になったとされている。

湿原の端に近い水晶岳西麓《せいろく》には高天原山荘というこぢんまりとした営業山小屋が存在する。

さらにこの北アルプス最奥部の秘境山小屋から歩いて二〇分もかからないところには高天原温泉が湧いていて、渓流沿いに三つの露天風呂《ろてんぶろ》が設けられている。そのうちのひとつは女性専用だ。

標高は約二一〇〇メートルで、日本で「いちばん遠い温泉」とも呼ばれている。

「うん、今夜は高天原山荘に泊まろうと思ってたの。予約してある」

紗里奈は楽しそうに言った。

「俺も高天原の小屋に泊まるよ」

上杉は明るい声で言った。

もう山のなかを無駄に歩き回る必要はなかった。

「うん、それがいいね」

嬉《うれ》しそうな声で紗里奈は答えた。

「あそこの風呂はいいぞ。ひと汗流して小屋で湯上がりのビールをやりたかったんだ」

「わたしもビール飲みたい」

初めて紗里奈は笑顔を見せた。

強くなってきた北風に紗里奈の麦わら帽子が揺れている。

いまからだと高天原山荘への到着は午後四時頃になる。

上杉ひとりなら三時間も掛からないだろうが、紗里奈の歩く速さはわからない。一般的なコースタイムを基準としたほうが無難だ。

高天原山荘に予約を入れようと上杉はスマホを取り出したが、この場所ではアンテナが立たなかった。このエリアは基本的には携帯は圏外だ。だが、電話のつながるところはピンポイントで存在すると調べてある。

「雲ノ平山荘の手前でつながるところがあるよ。わたし、山荘で教えてもらってそこで電話したんだ」

紗里奈の言っているようなピンポイントで携帯がつながる場所は山中にはたまにある。

しかし、電話はつながってもネットに入れない、メールの送受信もできないという状態も多い。

「わかった……そこで掛けてみる。少し急ごうか。夕立に遭うと嫌だからな」

あえてのんきな口調で上杉は言った。

「温泉が待ってますね」

元気よく言って立ち上がると、紗里奈はザックを背負って身体を少し揺すって位置を整えた。

歩き始めた上杉たちはストックを使いながら慎重に第一雪田を渡り、スイス庭園へと進んだ。

左手に薬師《やくし》岳《だけ》、真正面には水晶岳の山容が大パノラマを作っている。

いずれも三〇〇〇メートル近い高峰だ。手前に咲いているハクサンイチゲの白い花との取り合わせが美しい。

さらに木道を進むと正面に新しく美しい雲ノ平山荘が見えてきた。

「このあたりなら、たぶん電話がつながるよ」

まわりを見まわしながら紗里奈は言った。

ふたたびスマホを取り出すと、アンテナが一本だけ立っている。

上杉はふたたび予約のためにスマホをタップした。

「急ですみませんが、高天原山荘に今夜一名、泊まれますか。素泊まりでもいいんですが」

「あ、ちょっと待ってくださいね」

途切れがちの声のあとに保留音が響いた。

この電話は山麓《さんろく》の事務所につながっているはずだ。男性は無線で小屋と連絡を取っているのだろう。

「今日は大丈夫ですよ。食事も出せます」

しばらくすると、明るい声が返ってきた。

「二食付きだと助かります。上杉と言います。よろしくお願いします」

電話を終えた上杉たちは雲ノ平山荘へ向かって歩き出した。

ふたりは山荘へ続く道から外れて薬師沢へ続く本道を辿《たど》り、さらに右に折れて高天原山荘への登山道に入った。

通称コロナ尾根と呼ばれる下り坂だった。この変わった名称は登山道のすぐ近くに無人のコロナ観測所が設置されているからだった。

樹林帯のなかを滑らないように気をつけて下ってゆくと、何度かハシゴが設けられた急傾斜の場所もあった。だが、紗里奈は足取りもしっかりと急な斜面を下りている。

上杉は安心した。これなら無事に紗里奈と山旅を続けていける。

彼女が山を出る気があるのかはわからないが、上杉は連れ出したいと思っていた。

北アルプスを出るためには、最短でもあと二泊を要する。下山するまでは安全に山旅を続けたい。

下り坂はいったん終わり、樹間の平らな道に出た。高天原峠だ。

大東《だいとう》新道と呼ばれる薬師沢沿いの道と合流して高天原湿原へ歩き始めると、かすかな轟《とどろ》きが右手の雲ノ平方向の空から聞こえた。

「夕立が来るかもな」

上杉は空を見上げた。

「こんなに晴れてるのに……」

紗里奈は首を傾げた。

いまのところ雷雲らしきものは見あたらない。

だが、高天原山荘まではまだ一時間は歩かなければならない。

雨に濡《ぬ》れるのは仕方がないが、恐ろしいのは雷だ。

稜線《りょうせん》も怖いが、草原や湿原など見通しのよい場所も危険だ。

上杉は紗里奈のペースを考えつつも、なるべく早めに高天原山荘に着くようにと足を進めた。

雷鳴が少しずつ迫って、黒雲が上杉たちを追いかけてきた。

高天原湿原が目の前にひろがった。

とたんにバケツをひっくり返したような大粒の雨がふたりを襲った。

滑って転倒しないように、しっかり足を踏みしめてふたりは木道を小屋へと急いだ。

山荘に転がり込んだときには生き返るような気持ちだった。

雨上がりには白い湯の硫黄泉《いおうせん》の露天風呂をたっぷり楽しんだ。

だが、翌日からは大雨が続いた。

昼の間は晴れ間が出るのだが、夕立は毎日、高天原湿原を襲った。

斜面を雨が滝のように流れくるコロナ尾根も、もうひとつの出口である大東新道も通ることは危険だった。薬師沢が増水すると大東新道は本当に危ないルートだ。ザレたトラバースや急坂、不安定なハシゴが連続して現れるのだ。滑って沢に落ちたら、一巻の終わりである。

自分はともあれ、紗里奈には少しでも危険な目に遭わせたくなかった。

結局、上杉たちは一週間も高天原山荘に厄介になった。

温泉が近くにある数少ない小屋なので、のんきで楽しい滞在だった。

ふたりとも無断欠勤だが、上杉の上司は黒田《くろだ》刑事部長だけだ。

捜査のためにもっと長期間、根岸分室を空けることだって珍しくはない。

紗里奈は現時点では実質的な上司がいない状態だ。

ふたりは夏休みのつもりで、日本一の秘境温泉を楽しんだ。

警察のことを忘れて過ごす日々のうちに、紗里奈のこころのこわばりも少しずつ解けてきたような気がする。

高山植物に親しみ、温泉を楽しむ紗里奈の毎日は笑いに満ちていた。

結局、下界と言える富山県の折立《おりたて》に下山できたのは二一日の昼過ぎだった。

ここからは富山地方《とやまちほう》鉄道の有峰口《ありみねぐち》駅に向かう夏山バスが発着する。

上杉は「連絡してほしい」との真田夏希《さなだなつき》からのショートメールに気づいた。一〇日も前のメールだったが、北アルプスをさまよっていたので仕方がなかった。

「もう、上杉さん、ずっと連絡待ってたんですよ」

電話をすると、夏希はあきれ声で答えた。

なんでも大事件が起きていたそうだが、もちろん上杉は知らなかった。

帰ったらゆっくり聞くと答えて上杉は電話を切った。

山中では情報が少ないし、上杉も町の話は知りたくなかった。

こんな態度が取れるのも根岸分室という特殊な部署にいるおかげだった。

どうせ、上杉を神奈川県警から追い出すために作られた追い出し部屋なのだ。

上杉はキャリア警察官僚だったが、警察庁時代に上司の腐敗を暴こうとして上層部に疎まれた。追い出された神奈川県警本部でも上杉はおとなしくできなかった。組織の規律には縛られず、上杉は自分の信念に基づいて生き続けた。

処遇に困った幹部たちは刑事部に根岸分室を設置して上杉を分室長として配属した。やってくるはずの部下はいつまで経っても決まらず、刑事部のサポート任務を担うという名目で飼い殺しにされている。

解決した大事件の話よりも、上杉には優先しなくてはならない課題があった。

紗里奈のこれからの日々を考えてやらねばならない。

「山を下りたらどうするつもりだ」

上杉はなにげない調子で訊《き》いた。

「バイト探そうと思って……」

力なく紗里奈は答えた。

警察官並みの給料がもらえるバイトなど、そうそう見つかるものではない。

「住まいは？」

後先を考えずに紗里奈は寮を出てしまったようだ。

「困ってるんだよね。アパート探すのにも時間掛かるし……」

冴《さ》えない声で紗里奈は言った
「紗里奈さえよければ、アパートが見つかるまで根岸分室に寝泊まりしないか」

上杉は慎重に提案した。

「え、テル兄は、どこに住むの？」

とまどいの声で紗里奈は訊いた。

「根岸分室は俺の家じゃない。ちゃんとアパートは借りている。分室には勤務時間だけしか滞在しないことにする」

さんざん寝泊まりしていたくせに、上杉は平気でそう言った。

「寝泊まりできる場所があったら助かるなぁ」

紗里奈は上杉を見て、顔をほころばせた。

「ただし、条件がひとつだけある」

少し厳しい声で上杉は言った。

「なんですか？」

「辞表を撤回して、機動鑑識第一係から根岸分室へ異動しろ」

上杉はきっぱりと言い切った。

「そんなことできるの？」

複雑な表情で紗里奈は訊いた。

「山に入る前に黒田刑事部長の内諾は得ている。紗里奈の辞表は保留になっているんだ」

「そうだったんだ……」

紗里奈はわずかに声を震わせた。

「わたしからもお願いがあります」

声をあらためて紗里奈は言った。

「な、なんだよ」

上杉はひるんだ。

なにを言い出すのだろう。

「鳥を一羽飼っていい？」

上杉は気抜けした。

文鳥の一羽くらいいても楽しいかもしれない。

そんなことが許されるのも根岸分室ならではだ。

「鳥の一羽くらいかまわないよ。ただし世話は自分でしろ」

「もちろん、世話します。それなら異動お願いします！」

紗里奈ははしゃいだ声で答えた。

鳥が飼えるから、警察は辞めないとしか思えなかった。

上杉は苦笑しつつはるか谷底の緑色に光る有峰湖を眺めていた。

第二章　実　習

【1】

七月最後の月曜日は、朝から強烈な陽ざしが照りつけていた。

午前一一時前、上杉と紗里奈は横浜市金沢区《かなざわく》の《横浜コーストホテル》のエントランスにいた。

所轄のパトカーやシルバーメタリックの捜査車両などが駐車場に駐《と》まっている。

三〇分ほど前に、このホテルの一室で男女の遺体が発見されたと通信指令課から事件発生の一報が入った。

根岸分室でも通信指令課から各所属への無線連絡は受けている。

第一発見者はホテルの従業員とのことだ。

宿泊客がチェックアウトの一〇時を過ぎても退室しないことを不審に思ったために確認に行って悲劇に気づいたのだ。

上杉は分室員となった紗里奈の初陣のつもりで現場に足を運ぶことにした。

根岸分室から現場までは三〇分も掛からない。

一週間以上、休暇を取っていたくらいだから、現在、大きな事件は抱えていなかった。

これから紗里奈には、いわゆる「刑事」としての活躍を期待していた。

当の紗里奈は黒い夏物のパンツスーツを着て、無表情に従《つ》いてきている。

彼女は井土ヶ谷の独身寮を出るときにかなりの荷物を不燃ゴミに出したらしい。

だが、着替えなどをいくつかの大型ナイロンバッグに分けて横浜駅のコインロッカーに保管していたのだ。

「紗里奈がその服を捨てないでくれてよかったよ」

「就活に使うかもしれないと思ったから……」

言葉少なに紗里奈は答えた。

少しも弾んだようすがない上に、いくらか緊張しているように見える。

苦手意識を持っている鑑識の連中と会うことになるのだからあたりまえかもしれない。

現場の《横浜コーストホテル》は一〇階建ての中規模シティホテルだった。事前に調べたところでは一〇階の展望レストランからの東京湾の眺めに人気があるそうだ。

八景島《はっけいじま》シーパラダイスに行く観光客あたりが好んで利用するようだ。

横浜シーサイドラインの福浦《ふくうら》駅にも近く交通の便もそう悪くはない場所なので、近辺の企業や工場などに用のあるビジネス客も多いとのことだった。

七階に上がろうとエレベーターへ向かうと、紗里奈が上杉の袖《そで》を引いた。

「テル兄、階段で行こうよ」

「おい、仕事のときはテル兄はよせ」

上杉は厳しい声で言った。

「了解です。室長、階段を使いましょう」

紗里奈は言葉をあらためた。

警察学校では傷病者以外の生徒はエレベーターを使えない。その頃からの習慣なのか、いつまで経っても階段を使おうとする警察官は少なくない。

「とにかく早く現場に行こう」

上杉はエレベーターのボタンを押した。

足腰の鍛錬にはなるだろうが、上杉は早く現場に駆けつけるためには無駄だと考えていた。

七階まで上がってエレベーターを出ると、カーペット敷きの廊下に規制線の黄色いテープが張られていた。

規制線テープのところには、カメラやビデオカメラを手にした報道カメラマンをはじめ、マスメディアの連中がひしめいている。

二名の所轄地域課員が立哨《りっしょう》して一般人の侵入を防いでいた。

面倒なので上杉は警察手帳を提示した。

地域課員は姿勢を正して挙手の礼で通してくれた。

男女の遺体が発見された七〇五号室の入口には白シャツ姿の男が何人か立っていた。

所轄金沢署の刑事課員と本部の機動捜査隊員だろう。

耳に黒いイヤフォンをつけているふたりは機動捜査隊員だ。

「誰だ、あんたは？」

年かさの四〇代半ばの体格のいい機捜隊員があごを突き出してしゃがれ声で訊《き》いてきた。

「根岸分室長の上杉だ」

上杉はさらっと名乗った。

「え……あなたが……」

男はとまどったような声を出して上杉の顔を見た。

「同じ刑事部だ。俺のことは知っているか？」

「ええ……まぁ……機動捜査隊の岡部《おかべ》です」

あいまいにうなずくと、岡部は気まずそうに名乗った。

「ここを通してくれ。現場を見たいんだ」

有無を言わせぬ調子で上杉は言った。

「鑑識作業中ですが……」

とまどいの声で岡部は答えた。

「俺だって刑事だ。鑑識の邪魔はしないさ」

上杉は透明樹脂の靴カバーを掛けて白手袋を嵌《は》めた。

すでに紗里奈は準備を整えていた。

「どうぞ」

岡部が大きな身体をどかすと、ベッドルームへ続く短い通路が現れた。

玄関にあたるこの場所からベッドルームの端が見えている。

バス・トイレのドアはここには見あたらない。ベッドルーム内にあるらしい。

ベッドルームの入口で床に這《は》いつくばっていた鑑識課員が立ち上がった。

「まだ終わってないよ。もうちょっと待ってくれ」

小柄で痩《や》せた鑑識課員は尖《とが》った声で言った。

明るい色の現場作業服に身を包み、ヘッドカバーとマスクを着けているので顔ははっきりわからない。たぶん上杉よりはいくつか上で四〇代前半くらいだろう。

「わかった。ここで待つよ」

上杉が答えると、鑑識課員はそれには答えずに紗里奈の顔を驚きの目で見た。

「あれ？　五条じゃないか。おまえ警察を辞めたんじゃないのか」

意地の悪い声で男は言った。

紗里奈は身体を硬くして首を激しく横に振った。

この男も紗里奈をいじめていたヤツなのかと、一瞬だが上杉は頬桁《ほおげた》を張り倒したくなった。

「五条は辞めてなんかいない。根岸分室に異動になったんだ」

きっぱりと上杉は言い切った。

「根岸分室……あんた機捜じゃないのか」

鑑識課員はけげんな顔で訊いた。

「ああ、おたくや機捜と同じ刑事部の根岸分室だ」

上杉は素っ気なく答えた。

「根岸に分室があるってこと以外はよくは知らない。いずれにしても作業が終わるまでは立入禁止だ」

男はきつい声音で言うと、出て行けとばかりに掌《てのひら》をひらひらさせた。

初動捜査の段階では現場で鑑識は強い権限を持っている。どこの県警の話かは忘れたが、現場に無神経に足を踏み入れようとした刑事部長に『出ていけ』と怒鳴った鑑識課員がいたという話を聞いたことがある。刑事部長は素直に謝ったという。

「どうした?」

奥から現れたのは銀縁メガネを掛けた四〇代後半の背の高い男だった。

マスクを外しているのでわかった。機動鑑識第一係長の副田警部補だった。

「おや、上杉さん、どうしたんです。あれ、五条も一緒ですか」

意外そうな顔で副田は訊いた。

「いや、五条紗里奈の初陣にちょうどいいと思ってね」

上杉はにこやかに答えた。

副田の上杉に対する態度が丁重だったためか、居丈高だった鑑識課員は気まずそうにベッドルームに戻っていった。

「ああ、課長から聞きましたよ。五条は根岸分室に異動になったんですってね」

うなずきながら副田は言った。

「そうだ、鑑識からは外れたが、刑事部員であることに変わりはない」

「なるほど、たしかにそうだ」

副田はちいさく笑って紗里奈へ視線を向けた。

「あの……係長、ご迷惑をおかけしました」

紗里奈は消え入りそうな声で頭を下げた。

「まぁ、よかったじゃないか。上杉さんとこに行けて」

微笑みながら副田は答えた。

紗里奈はこくんとうなずいた。

「五条はうちで面倒見るよ。おたくの課長からも頼まれているんだ」

上杉はわずかに背をそらしてはっきりとした口調で言った。

「よろしくお願いします」

副田は深々と頭を下げた。

彼女が辞めようとしたのは、係内のいじめが原因だ。

警察官はどこの部署でも忙しいが、刑事部門はとくに超過勤務を強いられることが多い。本部でも所轄でも鑑識はいっぱいいっぱいで働いているのが実情だ。そんなストレスが新人いじめのようなかたちで出ることは珍しくはないのかもしれない。

係内を統括できなかった副田にも責任がある。警察の中間管理職にとって、この手の事実はマイナスに評価される場合が多い。

根岸分室で紗里奈を引き取ったことは、副田にとっては渡りに船だったのかもしれない。

「ところで現場を見せてもらいたいんだが」

やわらかい声で上杉は頼んだ。

「もう大丈夫でしょう。ちょっと確認してみます」

副田はベッドルームに身体を向けて声を掛けた。

「おい、作業は済んだか」

数人の声で終了した旨の返事があった。

「鑑識標識に気をつけてくださいね」

副田は身体をよけて上杉と紗里奈を通した。

「ああ、気をつける」

上杉は背中で答えてベッドルームに入った。

紗里奈は無言で後から続いた。

現場を撮影する鑑識カメラのストロボが光り続けている。

「根岸分室長の上杉警視が臨場された。場所を空けろ」

副田は上杉の後ろから隊員たちに声を掛けた。

ふつうはこういうときに階級は言わない。上杉の年齢や雰囲気からはとても警視には見えないだろう。その場の捜査員たちに注意を喚起するために、副田はあえて警視と呼んだのだろう。

さっきの痩せた鑑識課員をはじめ四名の隊員は姿勢を正して場所を空けた。

男たちは冷やかな目つきで紗里奈を見ている。

「五条じゃないか」

「なにしに来たんだ、あいつ」

痩せた隊員と隣の小太りの男が低い声で嫌味を口にした。

上杉が黙って睨《にら》みつけると、男たちはそろってうつむいた。

紗里奈は身体をこわばらせて立っている。

「さぁ、現場を見ようか」

やわらかい声で上杉は紗里奈に声を掛けた。

紗里奈はうなずいて従《つ》いてきた。

ムッとする臭いが上杉の鼻腔《びこう》を襲った。

人が死んだときに発するさまざまな異臭が入り交じった臭いだ。

だが、その異臭のなかになにかの香水の匂いが混じっていた。

薄いベージュのカーペットが敷き詰められた一二畳くらいの広い洋室だった。

窓は入口とは反対側に一列に並び、その手前にツインのベッドが設《しつら》えられている。

振り返ると、ベッドと反対側にはバス・トイレに続くドアがあった。

室内は照明が点《つ》けられていて明るかった。

だが、部屋の奥に一列に並んだ窓にはクリーム色の遮光窓が閉められていた。

ベッドから遠い右手の一枚だけがわずかに開かれている。

ツインのベッドには、ふたつの遺体が仰向《あおむ》けに横たわっていた。

いや、横たわっていたというような穏やかな状態ではなかった。

手前のベッドには五〇歳くらいの男が壮絶な死に顔で息絶えていた。

この男は半袖《はんそで》シャツとパンツの下着姿だった。

目をかっと見開き、舌は飛び出していた。

両手が自分の胸をかきむしるようなかたちでこわばっていた。

奥のベッドでは三〇前くらいに見える女が、白いバスローブ姿で死んでいた。

右腕はベッドの端から力なくだらりと垂れて、バスローブは胸もとが大きくはだけていた。

深い縦じわの寄った額や大きく開かれた口などに、肉体的に激しい苦しみを感じて死んでいったことが見て取れた。

女の遺体の背後にある引戸式の遮光窓はわずかに開かれていた。

枕やベッド布団、シーツ等の寝具には血痕《けっこん》は見られなかった。

首にも扼殺《やくさつ》や絞殺の痕《あと》は見えないし、直感的に毒物の摂取による死亡らしいと上杉は感じた。

上杉でも顔を背けたくなるような凄惨《せいさん》な現場だが、紗里奈は身を乗り出して遺体に見入っている。

彼女の経験年数ではこんな現場を体験しているとも思えない。が、紗里奈は少しも驚いた様子は見せていなかった。

むしろ両目には生き生きとした光が宿っているように感じられた。

「これをふたりで呷《あお》って毒を摂取したようです」

副田はベッドのサイドテーブルを指さした。

ふたつのワイングラスと一本のボトルが置いてあった。

かたわらにはワインオープナーと抜栓したコルクが残されている。

両方のグラスには赤ワインが半分以上残っていた。

「ワインやグラスは持ち込みなのか？」

上杉の問いに副田はうなずいた。

「そうです、宿はこの部屋にワインのルームサービスはしていないそうです」

「指紋は出てますか」

いきなり紗里奈がはっきりとした声で副田に訊《き》いた。

「ひとつのグラスから女性の指紋だけが出ている。もうひとつのグラスからは指紋は検出できなかった」

グラスを眺めながら副田は答えた。

「口唇紋はどうですか」

紗里奈は副田の顔をじっと見て訊いた。

「そこが不思議なんだ。指紋が出たグラスからは女性のものと思われる口唇紋が出ている。ところがもうひとつのグラスからは指紋も口唇紋も検出できなかった。むろん、ストローなども発見されていない。つまり男はワインを飲んでいない可能性もあるということだ。では、男の死因は何だろうという話になる」

浮かぬ顔で副田は答えた。

「女性がワインを男性に口移しで飲ませたのかもしれませんね」

表情を変えずに紗里奈は言った。

上杉はちょっと驚いた。紗里奈がそんな艶《なま》めいた可能性に気づくとは思っていなかった。

たしかに恋人同士だったら、そんな行為があっても不思議ではない。

「そ、そうか……」

副田はわずかにうろたえたような声を出した。

「あくまで可能性の話ですが」

紗里奈は謙虚な調子で答えた。

「その可能性は報告しておこう」

きっぱりと副田は言った。

「ありがとうございます」

生真面目な感じで紗里奈は礼を言った。

「ところで、毒物は出たのかな」

なんの気のない調子で上杉は訊いた。

「薬物スクリーニングキットの簡易検査では、覚醒剤《かくせいざい》やモルヒネ、コカイン、大麻などの薬物は検出できませんでした。麻薬じゃないですね。科捜研で分析することになると思いますが、毒物が混入されていたことは間違いないです。あの死に様は即効性の毒物を飲んだ状態だと思量します」

副田は自信ありげに言った。

経験豊富な鑑識課員だけに、服毒死の特徴が副田にはわかるのだろう。

「即効性と言ってもいろいろな効き方があります。たとえば、五条が指摘したような方法で男が毒を飲んだとしたら、間違いなく心中ですよ。遺書が女のベッドサイドテーブルに残されていました」

副田は証拠収集袋に入ったクリーム色の便せんを上杉の目の前に出した。

「指紋採取済みですから、読んでみてください」

横書きの便せんには、上から三分の一くらいの場所に落ち着いた筆跡で一行の書き置きが残されていた。

――信二さんと天国で幸せになります。皆さん、ごめんなさい。　美穂

事件性はない。自分たちの出番はないと上杉は思った。

月並みな文章だ。だが、実際にはあっさりとした遺書は少なくない。

「筆跡鑑定が必要ですが、まぁ、女文字でしょう。ちなみに筆記具等は見つかっていないので、あらかじめ用意していた遺書だと思われます」

副田の言うとおり、線が細く男文字には見えなかった。

「少なくとも女の人は死ぬつもりだった……」

ぼそっと紗里奈が言った。

「なんだって？」

上杉は紗里奈の顔を見た。

紗里奈の目には異様な光が宿っていて、上杉は驚かされた。

「いえ、その遺書が本当に女の人の自筆だとしたら、彼女が死ぬつもりだったことは間違いないですよね。男の人の遺書は見つかっていますか？」

紗里奈は副田の顔を見て訊いた。

「いや、遺書と思われる書き置きはこれだけだ」

副田は首を横に振った。

「そうなると、男の人に死ぬ意志があったかどうかはわかりませんよね」

紗里奈ははっきりとした声で言った。

「無理心中も考えられるって言ってるんだな」

驚いて上杉は訊いた。

「まだ、心中かどうかもわかりませんけど……」

あいまいな表情で紗里奈は答えた。

彼女の考えを詳しく聞こうと思ったが、上杉自身の予断につながるおそれがある。

もう少し現状を把握してから考えを進めようと思い直した。

「死亡推定時刻は何時頃だろうな」

上杉は副田に尋ねた。

「わたしは検視官じゃないからはっきりしたことは言えないけど、ふたりとも死後一二時間は経ってるでしょう。死斑《しはん》がはっきりと出ていますし、死後硬直が最大の状態ですからね」

「となると、遅くとも深夜か……ベテランの意見だから間違いないだろう」

上杉の言葉に副田は照れたような笑いを浮かべた。

「鑑識さん、もう入ってもいいんだな？」

背後からしゃがれ声が響いた。

「ああ、もう大丈夫だ」

副田は振り向きながらにこやかに答えた。

岡部たち機動捜査隊のふたりと、所轄の刑事課員らしき男たちが部屋に入って来た。

彼らは手分けして現場を調べ始めた。

ある者はクローゼットを開けて荷物を確認している。

ほかの刑事はベッドルームの隣にあるバス・トイレルームをしっかりと調べている。

誰もがテキパキと手際よく働いていて頼もしい。

「……あり得るかも……でも、ふつうはないよね……だけど、どうやって？」

紗里奈は右の掌《てのひら》で頬を支えるような恰好《かっこう》でブツブツ言いながらなにかを考えている。

いきなり紗里奈は、男が死んでいるベッドサイドの床を指さした。

「あれ、男性の時計ですよね」

鑑識標識が置かれているカーペット上に金色に輝く腕時計が放り出してある。

ロレックスのメンズウォッチのように見えた。

「ああ、女の持ち物とは考えにくいな」

「なんであんなところに置きっぱなしなんでしょうかね」

紗里奈は目を光らせて上杉に訊《き》いた。

「さぁな……」

上杉にはピンとこなかったが、男が裕福であることは間違いないだろう。

ふつうの人間なら一〇〇万円もするような時計を床に放り出すようなことはしないだろう。

紗里奈はふたたび口をつぐんで考え込んでいる。

「上杉室長、被害者の身元がわかりました」

岡部が歩み寄ってきて弾んだ声で報告した。

この場では上杉が最上位にあることを気遣ったのだろう。

階級だけから言えば、上杉は機動捜査隊長と同格だ。

「わかったか」

「はい、氏名は男女ともわかっています。ふたりとも運転免許証と会社の名刺を持っていました。男は勝沼信二《かつぬましんじ》で五二歳、《積菱《せきびし》ハウス》の横浜支社営業部長です。住所は横浜市港南区港南台《こうなんだい》」

　岡部は手帳を覗《のぞ》き込みながら説明した。

「へぇ、エリートサラリーマンってわけか」

　上杉も会社の名前は知っている。《積菱ハウス》は大手のハウスメーカーだ。

「たしかにそうですね、クローゼットに掛かってたスーツも仕立てがよくてね。ありゃあオーダーメイドですな」

「なるほど」

「で、女のほうは男の部下なんですよ」

「本当か」

「ええ、大月美穂《おおつきみほ》、二八歳。同じ《積菱ハウス》の横浜支社で、支社長の秘書です。クローゼットに掛かってたライトグレーのサマースーツも仕事にふさわしいきちんとしたものでした。まぁ、ふつうに考えて、社内恋愛の末の心中じゃないでしょうかね」

「不倫かもしれないな」

「その可能性が高いですね。ふたりの関係については所轄が調べてます」

「事件性がないと助かるな」

　上杉はいくらか明るい声を出した。

「まったくですよ。不自然死には間違いないですが、事件性はないと思いますね」

ホッとしたような声で岡部は言葉を継いだ。

「ちなみにフロントに確認したところ、この部屋は赤沢麻里《あかざわまり》という名前で三日前に電話で予約されています。フロントで宿帳に書いた名前も同じです。同宿者は赤沢智大《ともひろ》となっていますが、ただ、携帯番号が大月美穂のものなので、偽名を使ってはいますが、死んだ美穂が予約したものと思われます。チェックインしたのは美穂が午後六時一一分です。『夫はあとから来ます』と言っていたようです。勝沼はフロントには立ち寄らずこっそりと部屋に入った模様です。美穂が部屋の鍵《かぎ》を開けておいて引き入れたのでしょうね。偽名を使って宿泊し、勝沼はフロントを通っていない。不倫でしょう。やっぱり、これはただの心中ですよ」

自分に言い聞かせるような調子で岡部は言った。

人が死んでいる状況で、事件性を望む刑事はひとりも存在しないだろう。

「検視官が臨場することになってますが、捜査本部《チョウバ》は立たないでしょう」

岡部の話を聞いていた副田が口を開いた。

「勝沼のダレスバッグには財布、名刺入れ、スマホ、免許証しか入っていなかった。美穂のレザーショルダーにも財布、名刺入れ、スマホ、免許証と化粧品、ハンカチくらいだった。財布の中身はカード類も現金も、もちろん抜き取られたようすはなかった。だいいちこの部屋にはふたりのゲソ痕《こん》しか出ていない。ほかに入った者がいるとは考えられないんだ」

副田の言葉には重みがあった。

「少なくともほかに犯人がいることは考えられないな」

岡部の言葉にも上杉はうなずくしかなかった。

仮に無理心中だとすれば事件性があるが、被疑者死亡で送検されてこの案件は終わりだ。

ふと気づくと、紗里奈は遮光窓をじっと見つめている。

「……電気消したら……どうなるのかな……」

「電気って照明のことか？」

上杉は紗里奈の顔を見て念を押した。

「そうです。なんで遮光窓が閉まっていて、しかも一枚だけ少し開いているんだろうと思って……その状態を見てみたくて」

紗里奈は真剣な顔つきで答えた。

「ま、いまは昼間だから、ふたりの死んだときとは同じじゃないだろうけどな」

いささか持て余し気味に上杉は言った。

「あいつ、また変なことを言い出したぜ」

「鑑識の仕事は証拠を収集することだ」

「刑事だって同じだ。推理なんてのは警察の仕事じゃねぇだろ」

「ったく、キモ女は余計なことばかり言って手間を増やすからな」

例の鑑識のふたりが毒のある調子で言った。

「おい、おまえら」

上杉は声を張り上げた。

その場にいた人々はハッとして反射的に姿勢を正した。

背の高い鑑識課員に右手の人差し指を突き出して、上杉は激しい口調で訊《き》いた。

「おまえ、なんて名前だ」

「どうもすみません」

背の高い男は身体をこわばらせて頭を下げた。

「俺は名前を訊いてんだ」

詰め寄る上杉に背の高い男は身を縮めて答えた。

「柳本《やなぎもと》巡査部長です」

「いいか柳本、五条は根岸分室員だ。ふざけたこと抜かしてると、おまえの鼻の骨をへし折るぞ」

上杉は低い声で言うと、右の掌《てのひら》で拳《こぶし》を握って柳本の顔の前に突き出した。

目を見開いた柳本は大きく身体を後ろにそらした。

「おまえは？」

もうひとりの小太りの鑑識課員に、上杉は拳を向けた。

「根津《ねづ》巡査部長です」

小太りの男はかすれた声で名乗った。

「根津、五条は俺の大事な部下なんだ。いまみたいなことをもう一度言ったら、おまえのあごの骨をぶち割ってやる」

激しい上杉の声は部屋中に響き渡った。

根津は両目を固くつむって震えている。

「やめて……」

紗里奈は上杉の二の腕をつかんで引っ張った。

「わかった」

さすがにやり過ぎたかなと上杉は拳を下ろした。

「部下のぶしつけな発言は謝る。どうか俺の顔に免じて許してやってくれ」

副田は深々と頭を下げると、柳本と根津に向かって声を張り上げた。

「おいっ、おまえらもきちんと謝れっ」

ふたりの鑑識課員は謝罪の言葉を口にして、しょげた顔で頭を下げた。

柳本や根津を無視して、上杉は部屋にいる捜査員たちを見まわした。

「誰かこの部屋の照明を切れ」

上杉の指示に、所轄の誰かが入口付近のスイッチに走った。

すべての照明が消えた。

屋外は明るいが、引戸式遮光窓のために室内は真っ暗だった。

わずかに開かれている一枚の遮光窓からはベッド付近に外光が入ってそこそこ明るい。

「そうか……それならわかる……だからなのか……係長、窓を閉めてもかまわないでしょうか」

急に振り返った紗里奈は副田に訊いた。

「ああ、指紋と記録は採ったから大丈夫だ」

「ありがとうございます」

紗里奈は奥のベッドの横を通り抜けて遮光窓を閉めた。

一瞬、室内は完全に真っ暗になった。

「なんだ」

「どうした」

「暗いぞ」

副田と紗里奈の会話を聞いていなかった何人かの声が聞こえた。

すぐに紗里奈は遮光窓を開けたので、部屋には明るさが戻り混乱は収まった。

「やっぱりそういうことだろうな……」

紗里奈は納得したような声を出した。

「おい、なにかわかったのか」

上杉は急《せ》くように訊いた。

「いえ……可能性の話です。電気点《つ》けてもらっていいです」

あいまいな顔で紗里奈は答えた。

「よし、照明を点けてくれ」

部屋が明るくなった。

紗里奈は両頬に手を当てて目をつむっていた。

上杉には、彼女がなにを考えているか、少しもわからなかった。

だが、紗里奈は上杉やほかの刑事課の誰もが気づかなかった細かい事実に目を向けている。

後でしっかり話を聞いてみよう。

そのときだった。

所轄の若い捜査員が小走りに上杉たちが立つあたりまで近づいてきた。

「あの、ホテルのフロント係が緊急事態だと言ってここへ来ていますが」

捜査員はこわばった表情で告げた。

「いまそっちに行く」

対応するために岡部が入口へと向かった。

すぐに帰ってきた岡部の表情には険しい緊張が見られた。

「コロシみたいです……」

岡部はこわばった声で言った。

「なに？」

「どういうことなんだ」

上杉と副田は同時に叫んだ。

「とにかく従業員の話を聞いてください」

岡部は部屋の入口へとあごをしゃくった。

「わかった」

上杉が入口に向かって歩き始めると、紗里奈と副田が従《つ》いて来た。

ドアの外にはグレーの制服ジャケットを着て、ネクタイを締めた三〇代半ばくらいの男が立っていた。

男の顔色は真っ青だった。

「緊急事態とはどういうことですか」

副田が訊くと、男は口をパクパクさせて言葉が出ないようだった。

「落ち着いてください。深呼吸して」

やわらかい声で副田が言うと、男は言われたとおりに深呼吸を繰り返した。

「当ホテルのフロントマネージャーの辻《つじ》と申します」

少し落ち着いたようで、男は上杉と副田の顔を交互に見て名乗った。

「なにがあったんですか」

辻に緊張させないように上杉もやわらかい声で尋ねた。

「実はこの下の六階の部屋で男性のお客さまが血まみれで倒れておられたのです。声をお掛けしましてもお返事がなく……というか手足とかお顔の色もふつうではなくて……一一〇番しようと思ったのですが、この部屋に警察の皆さまが大勢お見えなので、すぐにお知らせに参ったような次第です」

ぶるっと身を震わせて辻は説明した。

「その男性客は死んでいると思われたんですね」

辻は黙ってあごを引いた。

「ところで、辻さんはどうしてその部屋に行ったのですか」

上杉の問いに辻は目を瞬《しばた》いて口を開いた。

「あの……そのお客さまはレイトチェックアウトをお選びになっていて、一二時までにチェックアウトして頂くことになっておりまして……。それがですね、三〇分を過ぎてもフロントにお見えになりませんでしたので、こうした場合の通常の対応としてお部屋に伺いました。そうしましたら……」

辻は言葉を呑《の》み込んだ。

「わかりました。いまからその部屋に行きますので、案内してください」

上杉の言葉に辻はうなずいた。

「はい、いまご案内します」

上杉と紗里奈は辻の後に従いて入口方向に歩き始めた。

「一度にふたつの現場とはなぁ……おい、石黒《いしぐろ》、俺たちも行くぞ」

岡部がもう一人の機捜隊員に声を掛けている。

「おい、六階でコロシだ。ここは金沢署さんにまかせて、うちの連中は下の階に移動だ」

鑑識課員たちに向かって副田は声を張り上げた。

「現場に人を入れないように、誰かに立哨《りっしょう》させます」

所轄の捜査員のひとりが答えた。

「おお、頼んだぞ。さぁ、六階だ」

副田の言葉をきっかけに、一〇名以上の警察官が廊下に出て階段を目指した。


【2】


「こちらのお部屋です」

辻はカードキーで部屋のドアの鍵《かぎ》を開けながら言った。

六階の端に近い六二二号室だった。

ドアのところで上杉たちはいったん立ち止まり、靴のカバーを掛け直した。

「あなたが最初にこの部屋に入ったときには施錠されていましたか」

副田が訊《き》くと辻はせわしなくうなずいた。

「施錠されていました。でも、オートロックなので、部屋から出ると勝手に閉まってしまいます」

「少なくとも入室時はカードキーが必要なわけですね」

「はい、お部屋に入るときには当然ながら必要です」

「この部屋のカードキーはどこにありましたか」

「部屋の入口にカードキーを挿入するスロットがあります。そこへカードを入れますと照明などの電源が入る仕組みです」

「ああ、よくあるヤツですね」

「はい、きちんと挿入されていました。部屋の照明は落としてありましたが」

辻は几帳面《きちようめん》な表情で説明した。

「室内には入りましたか」

副田の問いに辻は申し訳なさそうにうなずいた。

「はい、一度だけ入りました。倒れているお客さまの近くまでです」

「なにも触っていませんね」

副田はいくぶん強い調子で念を押した。

「はい……ドアを開けたら、ひどい状態でしたので、驚いて皆さまのところにお知らせに行きました。フロントには連絡しましたが、この部屋の鍵はオートロックですので誰も入っておりません」

辻は真剣な顔で答えた。

「訊きたいことがあるかもしれないので、そちらで待機して頂けませんか」

ていねいに上杉は頼んだ。

「承知致しました」

辻はドアの横の廊下に立って恭しい調子で言った。

「お忙しいところすみませんね」

上杉はゆっくりと部屋に入った。黙って沙理奈も後に続いた。

いきなり異臭が襲ってきた。

だが、この部屋では香水の匂いは感じられなかった。

その代わり、壁にタバコの臭いが染みついている。

いまどきは少なくなった喫煙室のようだ。

この部屋もツインルームだった。七〇五号室と同じレイアウトのようだった。

配色や什器《じゅうき》のスタイルなどが少し違っている。全体に淡いグレーのカーペットが敷き詰められていた。

手前側のベッドの右側に、白いバスローブ姿の大柄の男がうつぶせに倒れていた。

辻が言うとおり、両手とはだけた両脚に血の気はなかった。

副田は手袋を嵌《は》めた手を男の首筋に当てた。

「まぁ、脈を確認するまでもないですけどね……このホトケも死後一二時間以上は経っていると思います」

乾いた声で副田は言った。

「七階の心中とそう変わらない時間帯の犯行か」

上杉は低くうなった。

「そういうことになりますね。おそらくこれが致命傷でしょう」

男の後頭部を副田は指さした。

後頭部の中央あたりに深い裂傷が見出《みいだ》せた。

乱れた髪がどす黒い血で汚れている。

男の頭部周辺のじゅうたんは嘔吐《おうと》物や大きな血ジミで汚れている。

「後頭部のほかに側頭部にも裂傷があります。検視を経ないとはっきりしたことはわ

かりませんが、最初に側頭部を殴って昏倒《こんとう》したところで後頭部を二回ほど殴っている
ように思えます」

遺体に目をやって副田は言った。

殴った回数や順番は頭蓋骨《ずがいこつ》のヒビや割れ方を調べればわかる。

「で、凶器はあれですな」

副田は部屋の中央を指さした。

遺体の右手かなり離れたところに、大理石のまるい灰皿がひっくり返っていた。

灰皿の直径は一五センチほどで、黒っぽいマーブル模様が入っている。よく見かけ
るタイプだった。

「縁が少し欠けて血がついてます。凶器と考えて間違いなさそうですね」

副田の言葉に異論を差し挟む余地はなさそうだった。

「顔見知りか、不意を突かれたかどちらかだろうな」

上杉の言葉にうなずくと、副田は鑑識課員たちに向かって声を張り上げた。

「よし、仕事始めるぞ」

「了解」の声が鑑識課員たちから返ってきた。

柳本や根津たちは、持ち込んだアルミケースやナイロンバッグから鑑識道具を取り

出して手際よく仕事を始めた。

柳本も根津も粉末法で指紋を採取している。アルミニウムの粉末をさまざまなところに掛けてハケで余分な粉末を払い、透明の転写シートに移していた。

巻き尺を取り出して、ベッドをはじめとした什器の寸法を測っている者、血痕《けっこん》を確認している者など、テキパキと鑑識作業を続けている。

写真撮影のストロボが連続して光った。

「上杉室長、本部に連絡して応援を頼みたいのですが」

近づいてきた岡部が訊いた。

「ああ、そうしてくれ」

俺は上司じゃないし。いちいち許可なんか取らなくてもいいのだがな、と思いながら上杉は答えた。

岡部は無線で本部に報告し始めた。

「連絡つきました。捜一からも何人か駆けつけるそうです」

無線を終えると、岡部は几帳面な態度で上杉に告げた。

「金沢署に捜査本部《チヨウバ》が立つな」

「そうなりますな。自分も呼ばれるかもしれません」

うなずいて岡部は言った。

機動捜査隊は重大事件の現場にいち早く駆けつけて初動捜査に当たるのが任務だ。

だが、そのまま捜査本部の一員となる場合もある。

紗里奈は真剣な目でじっと死体を眺めている。

「おやぁ」

灰皿の指紋を採っていた柳本が奇妙な声を出した。

「どうした？」

副田が歩み寄って柳本に訊《き》いた。

「まさかと思うんですけど、この灰皿から出た指紋……」

柳本は灰皿から採取した指紋の転写シートを光に透かして注視している。

続けて柳本は、足もとに置いたナイロンバッグから証拠収集袋に入った別の転写シートを取り出した。

「さっき採取した大月美穂のものとそっくりなんですよ」

首を傾げながら、柳本は左右の手で二枚の転写シートを掲げてみせた。

「な……に……」

副田は声をかすれさせた。

「きちんと照合しないと断定的なことは言えませんが、こりゃあ同じ人間の指紋ですよ」

柳本は信じられないという声で言った。

「ちょっと見せてみろ」

副田はひったくるようにして柳本から二枚の転写シートを受けとった。

眉間《みけん》に深い縦じわを寄せて、副田は受けとった二枚の指紋転写シートを食い入るように眺めている。

上杉も横からシートを覗《のぞ》き込んだ。

指紋については素人だが、二枚の転写シートのいくつかの指紋は大きさといい、模様といい、同一人物のものと思われた。

「ほんとだ……」

紗里奈は真横でじっとシートに見入っている。

「しかし……いったいどういうことなんだ?」

岡部がうなり声を上げた。

七〇五号室で勝沼信二と大月美穂が死に、六二三号室で男が殺されていた。さらに七〇五号室で死んでいた美穂の指紋が、この六二二号室の殺人の凶器と思《おぼ》しき灰皿から検出された。

七階の男女の死と六階の男の死に関連があることはほぼ確実だ。

だが、どのような悲劇が起きたのかはまるでわからない。

「わけがわからんな」

副田は腕組みをして、鼻から息を吐いた。

上杉にも事件の全体像は少しも見えてこなかった。

「……うーん、そうなると話は違ってくるね……少なくともベクトルは二本あるわけだし……でも真っ直ぐじゃないかもしれない……交差しているとか……」

天井を見上げて紗里奈はつぶやいている。

顔を下ろした彼女の両の瞳《ひとみ》には強い光が宿っていた。

柳本が指紋を採り終えた灰皿を証拠収集袋に入れた。

「ちょっとそれ借りていいか」

上杉は柳本に向き直って声を掛けた。

「はい、もう大丈夫です」

柳本は恭敬な態度で灰皿の入った証拠収集袋を渡した。

灰皿を受けとると、上杉は部屋の入口に向かった。紗里奈はあとに従《つ》いてきた。

入口付近の廊下にはフロアマネージャーの辻が、深刻そうな表情で誰かに電話していた。

上杉たちの姿を見ると、辻はあわてて電話を切った。

「辻さん、これを見てもらえますか」

声を掛けて上杉は灰皿を掲げて見せた。

「これは……」

血が付着した灰皿を見て、辻は言葉を失った。

「辻さん、この灰皿は部屋に備え付けのものですか」

「ええ、喫煙できるお部屋には必ず置いてあります」

「どれも同じ型ですか？」

「天然大理石なので模様などは違うと思いますが、同じ規格のものです」

「上の七〇五号室にも置いてありますか」

「はい、七〇五号室も喫煙室ですので同じ型の灰皿が備えてあります」

辻はうなずいて答えた。

「なるほど……」

「あの……お客さまは？」

遠慮がちに辻が訊いた。

「残念ながら亡くなっています」

上杉の言葉に辻は顔を大きく歪《ゆが》めた。

「やはりそうでしたか。殺人事件が起きたということなんですね」

「まだ確定的なことは言えませんが、その可能性はあります」

殺人が覆ることはないと思って上杉は答えた。

「困りました」

辻は肩を落として長い息を吐いた。

ホテルとしてはさまざまなマイナスが発生しよう。

「お気の毒です」

上杉としてはほかに掛けるべき言葉もなかった。

「訊いていいですか」

いきなり紗里奈が声を発した。

「はい、なんでしょう」

それまで紗里奈に注意を払っていなかったのか、驚いたように辻は答えた。

「このホテルでは灰皿なんかは盗まれることも多いのでしょうか」

紗里奈は辻の目を見て訊いた。

「ええ……実は灰皿やコップ、バスタオルなどを勝手に持ち出すお客さまは増えております」

顔をしかめて辻は答えた。

「そうか……」

紗里奈は考え深げにうなずいた。

上杉にはまたも彼女の考えがつかめなかった。

「こちらで気づいてご注意さしあげても『持って帰っちゃいけないのか』と開きなおられることが多くて悩みの種です。先日、ニュース番組で見ましたが、よそのホテルのようにテレビを持ち去られることはないですけどね。うちのテレビは壁に固定して取りつけてありますので」

辻は乾いた笑いを浮かべた。

上杉はその番組は見ていなかったが、どう考えても明らかな窃盗罪だ。

そんな行動を平気でする人間の気が知れなかった。

「誰が泊まったときに持ち去られたか、なんてことは記録していますか」

平らかな調子で紗里奈は訊いた。

「いえ、灰皿やコップ、バスタオル程度ですので訴えるわけにもいかず、結局は泣き寝入りしています。ですので、とくに記録はしておりません」

あきらめたような顔で辻は答えた。

「よくわかりました」

紗里奈はゆっくりとあごを引いた。

「もうひとつ伺いたいのですが」

上杉は次の質問に移った。

「はい、なんなりと」

「こちらではフロントに寄らずに部屋まで行くことは可能ですか」

「一〇階のレストランは宿泊客専用ではありませんし、フロントは通常は二名で対応しております。正直申しまして、フロントの者が気づかないうちに上の階に行くことは可能です」

言いわけするような調子で辻は答えた。

「防犯カメラは設置されていますか」

「もちろんございます。エントランスとフロントに防犯カメラが設置されております」

辻はいくらか明るい声に戻って答えた。

「防犯カメラの映像を、あとでお借りすることになると思います」

「かしこまりました」

紗里奈が辻の顔を見つめて訊《き》いた。

「あの……非常階段はありますよね」

紗里奈の目には異様な輝きがある。

「はい、各階の廊下の両端に設けております。消防法の関係で設置義務がありますので」

「そちらには防犯カメラはありますか」

「いえ、ふだんは使いませんし、外からは開けられない構造ですので……」

「廊下側というか、屋内からは開けられるんですよね」

「もちろんです。非常時にお客さまが即座に避難できるように、ロックを解除すれば階段に出られるようにしてあります」

きまじめな感じで辻は答えた。

「伺いたかったことはそれだけです。ありがとうございました」

紗里奈はていねいに礼を言った。

「捜査におつきあい頂いてお仕事のほうは大丈夫ですか」

気がかりになって上杉は訊いた。

「上の者に連絡しましたら、捜査に全面的にご協力せよとのことですので」

「ありがたいですね」

「当ホテルと致しましても、こんな事件が起きてしまったからには、一日も早く犯人を捕まえて頂きたいと強く願っております。わたくしどもで警察の皆さまにご協力できますことがございましたら、なんなりとおっしゃってください」

愛想のよい表情を浮かべて辻は答えた。

「では、昨夜、こちらの六二二号室に予約していた客のことについて教えてもらえますか」

上杉の問いに、辻はスマホを取り出してタップした。

「承知しました。この部屋をご予約頂いていたお客さまのお名前は安井秀雄《やすいひでお》さま、ご住所は横浜市栄区《さかえく》小菅ケ谷《こすがや》。ご職業は会社員と書かれています。チェックインは午後七時七分。先に申しましたように一二時のレイトチェックアウト・プランを選んでいらっしゃいました。また、ツインをお取りになったのは、後から奥さまが見えるというお話でした」

氏名や住所の裏は取っていないはずだが、ふつうは事実だ。

偽名で宿泊することは、旅館業法に触れる行為だ。

ただ、実際に処罰されることはほとんどないが。

七〇五号室の大月美穂のほうがむしろ例外なのだ。

「奥さんのお名前はわかりますか」

「書いてあります。玲子《れいこ》さまとおっしゃるようです」

「結局、奥さんは来なかったんですね」

これは当然だ。来ていたら、昨夜のうちにも騒ぎになったはずだ。

「フロントでは確認できておりません」

「安井さんは、よく利用する客なんですか」

辻は首を横に振った。

「いいえ、わたしの記憶している限りでは初めてのご宿泊だと思います」

「わかりました。ありがとう」

かるく頭を下げて、上杉はベッドルームに戻った。紗里奈もトコトコと従いてきた。

足早に岡部が歩み寄ってきた。

「マルガイの身元が割れましたよ」

岡部は明るい声で、証拠収集袋に入った免許証を上杉の目の前に掲げた。

「氏名は安井秀雄、年齢は三三歳です。住所は市内の栄区ですね。本郷台《ほんごうだい》駅の近くです」

「宿帳と同じだ。安井さんは本名で宿泊していた」

「フロントの予約を確認なさったんですか」

「ああ、住所もきちんと書いている。ちなみにこのホテルの常連客ではないそうだ」

「仕事の都合で泊まったんでしょうね」

岡部はぼそっと言った。

「それはないんじゃないか。栄区に住んでいる者が、仕事のために同じ市内の金沢区に宿泊するだろうか。七時頃のチェックインだから終電を逃したわけでもない。また、レイトチェックアウトを選んでいたわけだから、早朝に仕事があったわけでもない。仕事ということはないだろう」

上杉の言葉に岡部は腕組みをした。

「たしかにそうだな」

「おまけにツインルームを選んでいるんだ。同行者として宿帳に記入していた奥さんとシーパラダイスにでも行くつもりだったんじゃないか」

「イルカが見られますからね。子どもは大喜びですけど、大人だって楽しいですよね」

岡部は柄にもないことを言って微笑んだ。

この男にも妻や子どもがいるのだろう。

「ああ、県内ではほかにないような施設だからな」

そういえば、アーチ水槽に泳ぐイルカを真横や真下から眺められる施設があった。

「行ってみたい……」

紗里奈がいきなり言葉を発した。

驚いて横を見ると、両目が輝いている。

彼女は本当に動物や草花が好きなのだ。

だが、いまはシーパラダイスはどうでもいい。

「ところで、勤務先もわかったんだな」

上杉は問いを重ねた。

「はい、西区に本社のある《高島《たかしま》総合開発》という不動産会社の営業部長でした」

「三〇代前半と若いのに部長か。まぁ、小さい会社ならあり得るか。関係者には連絡してるのか」

「名刺にあった高島総合開発にはすでに連絡しています。会社の人が金沢署まで来ることになっています」

「安井さんがフロントに後から来ると言っていた奥さんは、昨夜はこのホテルには来なかったらしいな。奥さんにも至急連絡を取らなきゃならない。事情も訊きたいところだし、遺体の本人確認は家族にお願いしたい」

「自宅の電話番号はフロントに問い合わせようと思っています」

「フロントマネージャーの辻さんが外で待機しているから、彼に訊いてみてくれ」

「わかりました」

「ところで、安井さんの免許証や名刺のコピーをあとで分室にメールしてくれると助かるのだが」

「ええ、お安いご用ですよ」

愛想よく岡部は請け合って部屋から出て行った。

室内では鑑識課員が忙《せわ》しげに作業を続けている。

係長の副田もかがみ込んで床を覗《のぞ》き込んでいた。

「副田さん、なにかめぼしいものは出たかな？」

上杉は副田に背中から声を掛けた。

「クローゼットからスーツやシャツ類と財布、スマホ、ブリーフケースが出てきました。財布には五万円以上の現金とカードが残されていました。ブリーフケース内には仕事用の資料らしき書類の入ったクリアファイルと名刺入れが入っていました。財布とブリーフケースからは被害者の指紋しか検出されませんでした」

顔を上げた副田は上杉の顔を見て言った。

「要するに両方とも手つかずってことですね」

「そういうことです。犯人は部屋に入ってきて被害者を殴ると、そのまま逃走したようです。いまのところ凶器以外にはこれといった証拠は出てないですね」

副田は淡々と答えた。

「鑑識作業はだいたい終わったのかな」

上杉の言葉に副田はゆっくりとあごを引いた。

「ベッドルームは終わりました。あとはバスルーム、トイレが残っていますが、あらかた終了ですね。検視官に見てもらわなきゃなんとも言えませんが、やっぱりホトケは三回殴られてますね。血液反応はホトケの周辺だけなんで、そこの倒れてる場所で背後からやられたんでしょうな」

「顔見知りの犯行だな」

副田は黙ってうなずいた。

そんな会話をしていると、入口付近で何人かの声が聞こえた。

「応援が来たみたいだな」

副田は入口へと視線を移した。

「五条、捜一にあいさつしとくか」

上杉はなにげない口調で紗里奈を見た。

紗里奈は身を硬くしている。

「さぁ、行こう」

答えを待たずに上杉は入口へ向かって歩き始めた。

廊下には七人のワイシャツ姿の男たちが到着していた。

ひとりの男は、さっそく手帳を取り出して辻に事情を訊《き》いている。

別のひとりは岡部に事情を訊いていた。

がっしりとした体格の初老の男が歩み出た。

「上杉くん、君が来ているとは意外だな」

ゆったりとした笑みを浮かべているのは福島正一捜査第一課長だった。

刑事畑一筋の叩《たた》き上げで、神奈川県警の多くの刑事たちから敬愛されている。

「お疲れさまです。福島一課長が臨場されるとは驚きました」

冗談半分で上杉は言った。

「わたしをあんまり年寄り扱いしないでくれよ」

福島一課長はおどけた声を出した。

「先週、大事件が起きてたんでしょう。お疲れを癒《い》やすために夏休みでもとっていらっしゃるのかと思ってましたよ」

笑いながら上杉は言った。

「冗談言っちゃ困る。このホテルでひと晩に三人の死者が出た。しかも、この部屋の一件は、殺人であることがほぼ確実だ。しかも、被疑者は七階で死んでいた女の可能性が高い。こんな事件が起きて本部庁舎でのんびりお茶を飲んでいるわけにはいくまい。ところで、君こそ初動の現場に足を運ぶとは珍しいじゃないか」

首を傾げて福島一課長は言った。

「こいつの根岸分室員としての初陣なんですよ」

上杉は身をよけて紗里奈を前に突き出した。

福島一課長は紗里奈の姿に目を見開いた。

「こんにちは、五条紗里奈と申します」

わりあいとしっかりした発声で紗里奈は頭を下げた。

捜査第一課長に対する初対面のあいさつとして「こんにちは」はあまりにも間が抜けている。

「福島だ。君が五条くんか」

福島一課長は紗里奈の顔をじっと見た。

「はい……」

紗里奈は目を伏せて答えた。

「君のことは柴田課長からも聞いている。柴田課長は五条くんを大変に優秀な資質を持っていると期待していたよ」

やわらかい口調で福島一課長は言った。

「そんな……」

紗里奈は目を伏せたままで答えた。

「少し引っ込み思案のようだな。香里奈さんとは違って」

福島一課長はちいさく笑った。

「姉をご存じなのですか」

驚きに目を見張って紗里奈は訊いた。

「うん、わたしが捜査第一課で強行第三係長をしていた頃、君の姉さんは捜査二課の管理官だった。一緒に事件を担当したこともあるんだ。大変に優秀で人格もすぐれた方で将来に期待していた。本当にお気の毒だった」

福島一課長は目をつむって哀悼の意を示した。

「ありがとうございます」

紗里奈は静かに頭を下げた。

「ようやく根岸分室にも新メンバーが配属されたな」

おもしろそうに福島一課長は上杉に言った。

「いささか頼りないですが、ま、うちでしっかり仕込みますので」

上杉は頭を掻《か》いた。

「君が持っている、すぐれた知見をきちんと教えてやってくれ」

福島一課長は複雑な笑みを浮かべた。

上杉が紗里奈に悪影響を与えることを心配しているのだ。

ときに上杉は違法すれすれの行動をとる。

関係者に荒っぽい尋問をすることも珍しくもない。

拳銃《けんじゅう》を取り出す事件も少なくなかった。

「重々わかっています。教育係としての自覚を持って行動します」

上杉は警察学校の優等生のような答えを返した。

「まぁ、彼女の雰囲気を見ると、上杉くんの激しい一面は伝わりそうもないがね」

自分を納得させるように福島一課長は言った。

奥から副田が出て来て一礼した。背後に柳本たち鑑識の連中も従《つ》いてきている。

「福島一課長、お疲れさまです」

「ああ、君は機動鑑識第一係長の副田くんだったね」

福島一課長はゆったりと微笑んだ。

「はい、鑑識作業は終わりました。もう捜一の皆さんに入って頂いてけっこうです」

「ほう、早いね。おい、鑑識さんのお許しが出たぞ」

福島一課長が声を掛けると、六人の捜査第一課員たちはぞろぞろとベッドルームに進んだ。

「この部屋と七階の鑑識結果の概要についてお話しします」

副田は福島一課長に、六階と七階の鑑識結果について上杉に話した内容と同じような説明を続けた。

「ふぅむ。単純な事件ではなさそうだな」

福島一課長は考え込んだ。

「詳細はできるだけ早く文書で報告します。では、我々は引き上げます」

「ああ、ご苦労さま」

もう一度一礼して副田はエレベーターへと向かった。

柳本と根津は決まりの悪そうな顔をして副田に続いた。

上杉の前でちいさく頭を下げてふたりはこそこそと部屋を離れた。

紗里奈はそっぽを向いていた。

福島一課長がゆっくりと室内に入って行った。

「捜一さんの仕事ぶりを見させてもらおうか」

上杉は紗里奈に捜一の初動捜査を見せたかったので、ベッドルームに向かった。

捜査第一課の六人の男たちは部屋のなかで散開してさまざまな作業に従事していた。

メジャーで什器《じゅうき》の寸法を測る者、カーペットの上を何度か歩いてみる者。六人は鑑識にも負けず忙《せわ》しげに働いていた。

「動きが鑑識と違う……」

紗里奈は目を見張った。

「鑑識とは別の観点で動いているのさ」

「違う観点？」

目をぱちくりさせて紗里奈は言葉をなぞった。

「ここでなにが起きたか、犯人と被害者はどんな行動をとったのか、その筋道をつかむために捜一は仕事をしている。鑑識は犯罪を立証するための物的証拠を収集する。捜一の連中は現場の外で主に聞き込みなどによって証拠を集める。そんな仕事の性質の違いだな」

「証拠の収集はなにより大切ですからね」

紗里奈はまじめな顔で言った。

「釈迦《しゃか》に説法だろうが、鑑識も捜一も、捜査というのは証拠を収集する仕事だ。犯人が逮捕され起訴されたとしても公判を維持できる証拠がなければ意味がない。ただ、鑑識は現場で証拠を集める。捜一はここで摑《つか》んだことをもとに現場の外で証拠を収集する。そんな違いがあるんだ」

「そういうことか」

紗里奈は納得したようにうなずいた。

しばらく捜一の仕事ぶりを眺めていた上杉は福島一課長に歩み寄っていった。

「ところで、捜査本部の仕切りは誰になりそうですか」

なにげない口調で上杉は訊《き》いた。

「佐竹《さたけ》くんになる予定だ」

「あ、そいつは都合がいい。佐竹から捜査本部の情報をもらいたいんです」

刑事部管理官の佐竹義男《よしお》警視と上杉は同じ事件に立ち向かったことも少なくなく、気心が知れている。

「どうするつもりなんだ？」

福島一課長は眉《まゆ》をひそめた。

「せっかく初動捜査に参加したんで、五条の勉強のためにこの事件を少し追っかけてみたいと思います。側面から援護射撃したいんです」

ここへ来た最初からの目的だった。

「なるほどな……教育実習というわけか」

感心したように福島一課長はうなずいた。

「で、勉強を進めるために、情報を頂きたいんですよ」

「捜査情報か……」

福島一課長は思案げな顔になった。

「黒田刑事部長に許可は取ります」

上杉の言葉に福島一課長はうなずいて言った。

「もし、黒田部長がお認めになったら、わたしはかまわんよ。だが、動くときにはわたしか佐竹くんに事前に連絡してくれ」

福島一課長は上杉の顔を見て念を押した。

「承知しました。必ずご連絡します」

上杉は恭敬な態度で答えた。

「失礼します」

ひとりの制服警官が足早に近づいてきて一礼した。

制服警官は福島一課長の耳もとでなにごとかを囁《ささや》いた。

「そうか、わかったご案内しなさい」

福島一課長の言葉に、制服警官は去った。

「ご遺族が見えたようだ」

冴《さ》えない顔つきで福島一課長は言った。

被害者と遺族との対面に立ち会うのは、警察官としてもっともつらい仕事のひとつだ。

「奥さんが……早いですね」

「自宅のある本郷台駅の近くで買い物をしているところに、所轄から連絡が行った」

「ああ、それなら三〇分ちょっとだな」

上杉の声をかき消すように甲高い女の声が響いた。

モノトーンの華やかな模様のワンピースを着た三〇代くらいの女性がバタバタと駆け込んできた。

「秀っ、秀ちゃんっ」

あとから制服警官が追いかけてくる。

「落ち着いてください、奥さん」

制服警官が女をなだめている。

「なにを言ってるのっ。夫が殺されたのよ」

女は髪を振り乱してわめいた。

「捜査第一課の山下《やました》です。安井秀雄さんの奥さん、玲子さんでいらっしゃいますか」

遺体のそばに立っていた捜査第一課員が、落ち着いた声で呼びかけた。

山下の落ち着いた声音にいくらか興奮が収まったのか、女は小さくうなずいた。

「夫は？　夫は？」

眉間《みけん》に深いしわを刻み、玲子は悲痛な声で叫んだ。

「大変、お気の毒です」

沈鬱《ちんうつ》な表情で山下は言った。

「間違いじゃないんですね」

玲子の震え声が響いた。

「お亡くなりになっております」

静かに首を横に振って山下は答えた。

「あんなにひどい傷ができて……痛かったでしょう」

夫の後頭部を見ると、ひどく悲しげな顔で玲子は言った。

「おい、顔をお見せしろ」

山下の言葉に、ふたりの捜査員が遺体のそばに寄って遺体の姿勢を仰向《あおむ》けに変えた。

細長い顔にはっきりした目鼻立ちを持った男の顔が現れた。三〇代前半くらいだろうか。

当然ながら血の気が完全になくなっている。

「秀雄……」

遺体の顔を見て玲子は絶句した。

玲子の大きめの両の瞳《ひとみ》から涙があふれ出た。

頰を伝わる涙を玲子は白レースの手袋をした手に持ったハンカチであわてて拭《ふ》いた。

涙を拭《ぬぐ》った玲子は、すぐにハンカチを手にしていたハンドバッグにしまった。

「失礼ですが、ご主人で間違いないですね」

山下はていねいな口調で訊いた。

「誰が、誰がこんなことをしたんですかっ」

玲子は山下に食ってかかるような調子で言った。

福島一課長が静かに歩み寄った。

「お悔やみ申しあげます。捜査第一課長の福島と申します」

こころに響くような福島一課長の声だった。

「犯人をつかまえてくださいっ。わたしの大事な夫にこんなひどいことをした犯人をっ」

玲子は福島一課長に強い口調で言った。

「わたしたちは、犯人逮捕のためにすべての力を尽くします」

福島一課長は頼もしい声で答えた。

「警察の力を信じています」

玲子は大きく目を見開いて言った。

いままで激しい感情で顔が歪《ゆが》んでいて気づかなかったが、玲子は容貌《ようぼう》のすぐれた女だ。

モデル並みと言っても必ずしも大げさではない。

卵形の輪郭に大きい瞳と高い鼻、情熱的な厚めの唇のバランスが整っている。それほど濃い化粧をしているわけではないが、そこはかとない大人の色気を感ずる。

「ところで、あなたは昨夜、こちらのホテルにご主人と一緒に宿泊するご予定でしたか」

福島一課長は肝心なことを訊いた。

上杉も知りたかったことだった。

「いいえ、夫は仕事の都合で東京都内に泊まると言っておりましたし、わたしは一緒に出かける予定はありませんでした」

けげんな顔で玲子は言った。

「この部屋はツインですよね」

さりげない調子で福島一課長は言った。

「あら、本当ね」

いま気づいたのか、意外そうに玲子はふたつのベッドを見た。

「ご主人はチェックインの際に、後から奥さまが見えるとおっしゃっていました。さらに宿帳にも奥さまのお名前を同宿者として記入なさっていました」

福島一課長はさらっと言った。

「なんですって！」

玲子は目を剝《む》いて叫んだ。

「少なくともご主人はどなたかと同宿なさる予定だったことは間違いがなさそうです」

平らかな調子で福島一課長は言った。

「いったい誰なんですか」

きつい声音で玲子は訊《き》いた。

「奥さまでないことがいまわかったものですから」

穏やかな声で福島一課長は答えた。

「決まってる。そいつよ。そいつが犯人よっ」

玲子のきれいな額に青筋が立っている。

凶器の指紋からすれば、安井を殺した犯人は大月美穂と言うことになる。

では、同宿予定者は美穂だったのだろうか。

美穂は七〇五号室と六二三号室の二部屋の予約をしていたのか。

上杉には事件の全体像が少しも見えてこなかった。

紗里奈は玲子のようすをじっと眺めている。

「ご確認ありがとうございました。詳しい事情をお伺いしたいので近くの警察署までご足労頂けませんか」

福島一課長はやわらかい声で頼んだ。

夫の遺体の前では冷静に話せるはずもない。

「犯人を捕まえるためだったら、なんでもします」

玲子は厳しい顔で言い放った。

「山下、奥さまを金沢署にご案内しなさい」

福島捜査第一課長の言葉に、山下が玲子を戸口へといざなった。

「了解です。さ、奥さん、参りましょう」

玲子は去りしなに福島一課長に言葉を残した。

「課長さん、必ず犯人を捕まえてください」

「全力を尽くします」

福島一課長はきっぱりと言いきった。

玲子が出ていって室内には静かな空気が戻った。

まるで嵐が通り過ぎたようだった。

「わたしたちは分室に戻りたいと思います」

上杉は丁重な口調で福島一課長に言った。

「ああ、あとはうちの連中にまかせてくれ」

福島一課長は明るい声で言った。

「一課長のお言葉、頼もしいですね。では、失礼します」

かるく頭を下げて上杉はエレベーターへ向かった。

紗里奈も後に続いた。

規制線の外へ出て、上杉たちは下りのエレベーターに乗った。

「どこかで飯を食っていこう。だけど、ここと近くの別のホテル以外には、ろくな食いもん屋がないんだ」

上杉は苦笑しながら言った。

「ホテルじゃなければ、どこでもいいです。現場を思い出すからホテルは嫌」

紗里奈は明るい笑顔で答えた。

「じゃあ、新杉田《しんすぎた》でラーメンでも食ってこう。あそこなら駅前に何軒も中華屋がある」

「ラーメンいいですね。餃子《ギョーザ》とかチャーハンもいいなぁ」

紗里奈はこのホテルへ来て初めて声を出して笑った。

「なんだ、腹減ってたのか」

「うん、ぺこぺこ」

情けない声を出したが、紗里奈の目は笑っていた。

紗里奈がこの現場でどんなに緊張していたかを上杉はあらためて感じた。

ホテルの前の駐車場へ出て、ふたりは幸浦《さちうら》の駅に向かって歩き始めた。

陽ざしはますますきつくなった。

「あの奥さん、かわいそうだね」

ぽつりと紗里奈が言った。

「ああ、いきなり旦那《だんな》が殺されちまったんだからな」

「ちょっと怖かった」

紗里奈はかるく顔をしかめた。

「なんでだ？」

一瞬、紗里奈は黙った。

「……性格きつそうだから」

「そうかな……」

紗里奈の本音は違うところにあるような気がした。

「まぁ、場合が場合だからね」

紗里奈はそれだけ言うと、駅へ向かう道を黙って歩き始めた。

第三章　真　相

【1】

翌日、上杉が根岸分室のドアを開けた途端である。

「お帰り、お帰り、お帰り」

ピリナのけたたましい声が響いた。

部屋の奥に置かれたケージのなかで、ピリナが白い羽をはばたかせている。

とにかくこいつは声が大きい。

根岸分室は独立した建物だし、両隣ともいくらかは離れているから騒音についてはそれほど心配していない。アパートやマンションなどで飼えるシロモノではなさそうだ。

山旅を終え、横浜に帰ってから最初の紗里奈の買い物はタイハクオウムとそのケージだった。

鳥一羽を買うことをOKした以上、文句は言えなかった。

ただ、事前になんの鳥か訊《き》かなかった自分を上杉は呪った。

ピリナと紗里奈は名づけた。

意味はよくわからないが、カリナ、サリナ、ピリナの三姉妹だとか言っていた。

「お帰り、お帰り、お帰り」

同じ言葉をピリナは繰り返した。

「よぉし、よくできたよ。えらいえらい」

紗里奈はリンゴのかけらをピリナのくちばし近くに持っていった。

ピリナはグレーのくちばしをリンゴに突っ込んで突《つつ》いた後、パクッと呑《の》み込んだ。

こんな言葉はいままでは話していなかったはずだ。

「どうやって言葉を覚えさせるんだ？」

不思議に思って上杉は訊いた。

「前にね、なにかで読んだの。オウムくんには毎日、朝三〇回、夜五〇回ずつ同じ言葉を繰り返し言って上げるの。するとね、次の日にはかなりの確率でその言葉を喋《しゃべ》るんだって。昨日の夜と今朝早くからピリナに『お帰り』って言い続けたんだ。そしたら、自分から言うようになったの」

紗里奈は得意げに胸を張った。

「根気がいる話だな」

なかばあきれて上杉は言った。

「楽しいもん」

心底嬉《うれ》しそうに紗里奈は笑った。

「そうか……」

紗里奈の笑顔に、上杉はなにも言えなくなった。

「だけどね、タイハクオウムは気に入った言葉はたった一度聞いただけでも、ちゃんと覚えて喋るんだって」

楽しそうに紗里奈は言った。

「そうかぁ、こいつの前ではあんまり変なことは言えないなぁ」

上杉はちょっと不安になった。「くそ野郎」とか「こんちきしょう」なんて言葉は、決して口にしてはならないだろう。

「チカチカ、チカチチカ」

ピリナは意味不明の言葉を発して白いケージを揺する音を立てた。

「短い間なのに、ずいぶん部屋のようすが変わったよなぁ」

上杉は一二畳ほどの室内を見まわした。

質素な什器《じゅうき》は相変わらずだったが、室内は整然と片づいていた。

紗里奈が来るまでは、汚いとしか言いようのない部屋だった。

正直言って掃除は好きではない。

それに、この部屋を訪れたのは、夏希と織田《おだ》、堀《ほり》くらいのものだった。

来客はほとんどないのが根岸分室の実情だった。

「カバー掛けたのか」

上杉がベッド代わりに使っていた布ソファに、青白ギンガムチェックのコットンカバーが掛かっている。

「通販で頼んだ布が昨日の夜に来たから、ちゃっちゃと縫ってカバーかけといた。ミシンないからデキが悪い」

紗里奈は照れたような笑いを浮かべた。

「別にカバーなんか要らなかったんじゃないのか」

ちょっと酷かなと思った。が、上杉としてはギンガムチェックはこの部屋にはあまりにもそぐわないという思いがあった。

「このソファの色とかすっかり褪《あ》せちゃってるし、布にはいっぱいタバコで焼け焦げた穴が開いてるんだよ」

紗里奈は口を尖《とが》らせた。

「そ、そうだな」

うろたえ気味の声で上杉は答えた。

「ここに寝そべってタバコ吸うの禁止だからね」

紗里奈は上杉をかるく睨《にら》んで言った。

上杉としては一言もなかった。

「いや、今日からタバコは階下《した》のガレージで吸うから」

「そこまでしなくてもいいけど」

とまどいがちに紗里奈は言った。

実は紗里奈が来てからはドアから出たところにあるスチールの外階段に腰掛けてタバコを吸っていた。

「いや、そうする。ソファは紗里奈の寝床にもなるんだからな」

上杉は肩をすぼめて答えた。

「ソファでは寝てないよ」

「そうなのか」

驚いて上杉は訊いた。

「うん、床に自動膨張式の山用マット敷いてシュラフで寝てるから」

さらりと紗里奈は言った。

「背中痛くならないか」

「山小屋よりずっと快適だよ。ひとりだし、エアコンもあるし」

紗里奈は口もとに笑みを浮かべて答えた。

「紗里奈のアパートが見つかるまではいつまでも寝泊まりしていいけど、ここは一応は刑事部の分室だからな。あんまりファンシーにしちゃうと来客がぶっ倒れちゃうぞ」

上杉は冗談めかして言った。

「テル兄、それって説得力ないよ」

紗里奈はにやっと笑った。

「どういうことだ？」

「だって、初めてこの部屋に入ったとき、倒産した会社の事務所にしか見えなかったもん。ひと目見て誰も来ない部屋なんだなってわかった。どの机にもファイルが山積みだったし」

紗里奈は部屋の中央で四つのスチール机が作っている島を指さした。

ファイルはきちんと壁際のスチール書棚に収まっている。

机上に二台並んだノートPCのまわりには、プリンターやWi-Fiルーターなどの周辺機器以外にはなにも置いていない。

「まわりの床はほこりだらけで、コンビニのポリ袋や食べ終わったカップラーメンの容器なんかが、だらしなく散らばっていたし」

今度はフローリングの床を指さした。

床はきれいにモップが掛けられて本来の輝きを取り戻していた。

「ソファのまわりには、十何冊ってマンガ雑誌がバラバラに積まれていて、お客さんが座れるような状態じゃなかったよ」

紗里奈の視線を追うと、マンガ雑誌が部屋の隅にひもを掛けて束ねてある。

「たしかにな」

上杉としては反論の余地がなかった。

「雑誌捨ててもいいかな」

「ああ、俺が捨てにいくよ」

　力なく上杉は答えた。

「あのさ、窓にカーテンつけたいんだ」

　紗里奈は四枚並んだ窓を指さした。

　カスミガラスの窓はタバコのヤニで全体が薄茶色に汚れている。

「しっかり拭《ふ》き掃除するけど、窓はそんなにきれいにならないと思うから」

「今度の土日にホームセンターにでも行こう」

　抵抗することを上杉はあきらめた。

　覚悟はしていたものの、根岸分室は上杉の居心地のいい空間ではなくなりつつある。

「あとさ、段ボール箱がいっぱい積んであるけど、あれって大事なもんが入っているの？」

　窓と反対側の壁際には三段くらいに積んだ段ボール箱がずらりと並んでいた。

「いや……たいていはもう必要のない資料だ」

「わたしが勝手に捨てちゃまずいよね」

「どうしても必要なものだけ選《よ》っておくよ。残りは文書廃棄の申請をするから」

「わかった」

紗里奈は笑顔で答えた。

「事件、報道されているだろ？」

なにげなく上杉は訊《き》いた。

すでに《横浜コーストホテル》の七階で男女が死に、六階で男が死んでいたことは報道されていた。警察発表は事件と自死の両面で捜査しているとの内容だった。ふたつの事件をつなぐ事実は発見されていないともコメントしていた。

部屋のテレビはスイッチを切ってある。

紗里奈は報道を見たのだろうか。

「うん、ネットのテレビ局や新聞社のニュースでもいっぱい取り上げられているよ」

スマホを手にして紗里奈は言った。

目の前にテレビがあるのに、大きな画面ではなく六インチくらいのスマホで見ようとする心理がよくわからない。

検索すれば、オンデマンドで内容を把握できるところが魅力なのだろうか。

「佐竹から入った捜査情報を話したいんだ」

上杉はソファに座った。

「いまお茶淹《い》れるね」

紗里奈は申し訳程度に付いているキッチンに向かった。

「はい、紅茶淹れました」

数分後、紗里奈はマグカップを二つお盆に載せて持って来た。

「へぇ、クマか……」

湯気の上がる白いカップを、上杉はまじまじと見つめた。

無表情なクマたちがさまざまなコスチュームで描かれている。

「うん、あんまりにもかわいいから通販で買っちゃった。イギリスのカップなの」

楽しそうに紗里奈は言った。

「いいんじゃないか……だけど、ここで使うものは俺が払うから……」

紗里奈には余計な負担をかけさせたくなかった。

「気にしなくていいよ。わたしだって少しくらいは貯金あるんだよ」

無邪気な顔で紗里奈は言った。

「そうか……。へぇ、この紅茶は香りがいいな」

マグカップを口もとに持っていって上杉は話題を変えた。

「アールグレイだよ。ベルガモットで香りが付けてある紅茶。ハーブティーの一種だね」

紗里奈も紅茶をひと口飲んで言った。

「うん、なかなかうまいよ」

酒には詳しい上杉だが、紅茶のことはよく知らなかった。

「気に入ってもらえてよかった」

紗里奈は顔をほころばせた。

「さて、昨日の夜、佐竹から捜査本部の捜査員たちが収集した情報を教えてもらった」

お茶をカップの半分くらい飲んだところで上杉は切り出した。

「教えてください」

紗里奈は表情を引き締めた。

「まず《横浜コーストホテル》の防犯カメラの解析が終わった。時系列で言うと、大月美穂が午後六時過ぎのチェックインの頃、安井秀雄が七時過ぎのチェックインの頃にエントランスとロビーのカメラに映っていた。また、勝沼信二は午後一〇時過ぎにホテル内に入っていることが、カメラ映像から判明した。三人ともその後にホテルの外に出た姿は記録されていない」

上杉は手帳を覗《のぞ》き込みながら説明した。

「玲子さんはどうですか」

紗里奈は上杉の目を見て訊いた。

「だって彼女はその晩は泊まっていないんだぞ。当然ながら防犯カメラには映っていなかった」

「そうですか」

あいまいな表情で紗里奈は答えた。

「七〇五号室からは勝沼と美穂の指紋、六二二号室からは安井の指紋以外には誰の指紋も出なかったそうだ。それから、三人のスマホの発信と着信の記録を調べた結果も出た。三人のスマホにはいずれも当日の発着信の記録はなかった」

上杉の説明を聞いた紗里奈は気難しげに言った。

「発着信記録は端末からは消去された可能性もあります。三人が使っていた携帯電話会社の記録を調べたほうがいいと思います」

紗里奈は毅然《きぜん》とした表情で言った。

「洗う必要があるのか。令状が必要になるかもしれないぞ」

「わたしは三人の通話履歴はともに照会する必要があると思っています」

紗里奈の目は少し吊《つ》り上がっていた。

「捜査本部には伝えておくよ」

気圧《けお》されて、上杉は話題を変えた。

「次に勝沼と美穂の死因はやはり毒死だった。毒物は青酸化合物で、ワイングラスとボトルに残っていた赤ワインのそれぞれから検出された。ふたりとも経口摂取をしてほぼ即死に近い状態だったと思われる。具体的な薬物名については現在、科捜研で分析している。司法解剖の結果からふたりの死亡推定時刻は二四日の午後一一時頃から翌二五日の午前二時くらいだ。また、残されていた遺書は鑑定の結果、美穂の自筆と確認された」

「捜査本部は心中と判断したのですか」

「それが……勝沼と美穂は心中するとは思えないんだ」

「どういうことですか」

紗里奈は身を乗り出した。

「捜査員たちがふたりが勤めていた《積菱ハウス》の同僚たちや美穂の友人たちに聞き込みをした結果、いろいろなことがわかった。これは噂に過ぎないと誰もが言っていたが、勝沼と美穂はかつて不倫の関係にあった」

「やはりそうなのですね」

紗里奈は軽くうなずいた。

「勝沼には三つ年下の妻と大学一年生になる息子がいた。美穂は独身だが、ふたりは半年ほど男と女の関係にあったらしい。ところが、その関係は三ヶ月前には終わっていたと言うんだ。勝沼には妻子を捨てて美穂との関係を続ける気はなかったんだな」

「最低、ひどい男」

唇を歪《ゆが》めて紗里奈は言った。

「そうだな、言葉は悪いが、五〇オヤジが若い美穂をもてあそんで捨てたわけだからな」

上杉はあきれ声で言った。

トラブルが起きることは目に見えているのに、自制できない人間は少なくはない。

「もちろんそれも許せませんが、奥さんと息子さんのことだって裏切っているわけじゃないですか。二重にも三重にも許せません」

紗里奈は珍しく激しい口調で勝沼の行動を非難した。

「ところが、美穂はそのまま泣き寝入りするような女じゃなかった。勝沼に責任を取れと迫った。結婚を迫ったらしい。ところが、勝沼はとりあわずにいた。それで美穂は、最後にはストーカーのようにつきまとっていたらしい。調べたところでは脅迫めいたメールも何通も送っている」

「つまり、美穂さんには勝沼さんを殺す動機があったのですね」

目を光らせて紗里奈は言った。

「そうだ、しかも、司法解剖の結果、美穂は妊娠していたことがわかった」

口にするのもつらいことだが、触れないわけにはいかない。

「え……」

紗里奈は言葉を失った。

「彼女のお腹には四ヶ月を過ぎた胎児がいたんだ」

暗い声で上杉は言った。

「そんな……」

紗里奈の全身は小刻みに震えている。

「大丈夫か、顔色が悪いぞ」

上杉は紗里奈の顔を覗き込んだ。

「だって赤ちゃんも一緒に死んじゃったんだよね」

声が大きく震えている。

「そういうことになる」

上杉の声も沈んだ。

「そんなの許せないよっ」

いきなり紗里奈は叫んだ。

「俺に怒ったってしょうがないだろ」

上杉は苦笑を浮かべた。

「あ、ごめん」

頰を染めて紗里奈は謝った。

「お腹の子どもについての不安もあっただろう。だが、勝沼は責任を取ろうともしない。美穂は激しく勝沼を憎んでいたはずだ。殺したいほど憎んでいたかもしれない。自分が憎まれていることを勝沼は百も承知だった。だから……」

上杉の言葉に覆いかぶせるように紗里奈は言った。

「美穂さんが待っている七〇五号室に、勝沼さんがノコノコ現れることはあり得ないってことですよね」

「そう思うよ。だから、ふたりが心中したということはないはずだ」

「無理心中も難しいですよね」

「そう……あの殺し方だよ」

「美穂さんが勝沼さんに無理やりワインを飲ませることはできない」

紗里奈は独り言のような口調で言った。

「勝沼は抵抗するはずだな」

「まして口移しなど絶対にない」

「俺もそう思う」

上杉はうなずいた。

「謎は深まるばかりだなぁ」

上杉は鼻から息を吐いた。

だが、紗里奈は失望しているようには見えなかった。

「六二二号室の事件についてはなにかわかりましたか」

紗里奈は上杉の目を見つめて訊《き》いた。

「それがね、大月美穂と六階で殺された安井秀雄の間をつなぐ糸が見つからないんだ」

「なにひとつですか」

「うん、捜一の連中が奥さんにも高島総合開発って勤め先の人たちにも訊いてみた。だが、大月美穂なんて女性の名前は誰も知らなかった。だから、美穂が安井を殺す動機は見つからないんだ」

「出てこないんですか」

「ああ、美穂の勝沼殺しには少なくとも動機は存在する。だが、安井殺しの動機はさっぱりわからない」

「では安井さんと勝沼さんにはつながりはありましたか」

紗里奈は上杉をじっと見た。

「男ふたりにはつながりがあった」

上杉の言葉に紗里奈の表情が大きく動いた。

「見つかりましたか」

「勝沼たちの勤務先の《積菱ハウス》と安井が勤めていた高島総合開発は取引関係にあってね。勝沼と安井は両社の担当者だったんだ」

「なるほど、七階と六階の被害者は知り合い同士だったわけですね」

「そればかりじゃない。安井さんの奥さんも勝沼を知っていた」

「そうなんですか」

紗里奈はちいさく叫んだ。

「実は玲子さん、あの奥さんは高級クラブのママなんだ。玲子ってのは源氏名ではなく、本名だそうだ」

この話を知ったとき上杉は少し驚いたのだが、紗里奈は表情を変えなかった。

「きれいな人だから、わかる気がします。それに……」

紗里奈は言いよどんだ。

「それにどうした？」

「昨日、ホテルで安井さんの遺体と対面したときの反応が、少し大げさだった気がしたんです」

考え深げに紗里奈は言った。

「大げさ……芝居していたというのか」

「そこまではっきり言えませんけど、玲子さんは夫を殺されて自分がいかに悲しんでいるか、犯人に対して怒っているかをアピールしていたように思うんです。クラブのママだったら、そんな風に人の感情に訴えるようなことも難しくないんじゃないかと思ったんです」

意外に強い口調で紗里奈は言った。昨日、紗里奈が玲子のことを怖いと言っていたのは、このことを指していたのかもしれない。

「そうかもな。だけど、なんのために？」

「いえ……それはわかりません。ですが、あの悲しみ、怒りは少し不自然に感じたんです」

「俺は別にそこまで感じなかったけどな」

「まぁ、わたしの思い過ごしかもしれませんけど」

言葉とは裏腹な紗里奈の表情だった。

「玲子がママをやっているのは、関内《かんない》の桜通《さくら》り沿いにある《ラ・フルー・ドゥ・スリジェ》という会員制高級クラブだ。長ったらしい名前は、桜の花って意味のフランス語なんだけどね。ホステスさんが七、八人いるそうだ。二〇歳くらいの女の子が多い店のようだけどな。客はビジネスマンが中心らしい」

聞いているのかいないのか、紗里奈は玲子の店についてはあまり関心がないようだった。

宙を見つめて何ごとかを考え込んでいる。

やがて紗里奈は上杉の目を見つめてゆっくりと口を開いた。

「捜査本部の方に見つけて頂きたいことがあります」

紗里奈の両目に不思議な光が宿っていた。

「え？　なにを見つけろって言うんだ」

「あのホテルの七階と六階で起きた今回の二つの事件の謎を解く鍵《かぎ》を見つけてほしいんです」

真剣な声音で紗里奈は言った。

「意味がわからんぞ」

「ひとつは安井さんと玲子さんの夫婦仲を調べてほしいんです。もうひとつは大月美穂さんと玲子さんの間につながりはないかと言うことです」

「それがふたつの事件の謎を解く鍵になるって言うのか」

上杉は驚いて訊いた。

「わかりません。でも、勝沼さんは玲子さんのお客さんで、安井さんは玲子さんのご主人です。ふたりを知っているわけです。だから、玲子さんはふたつの事件の鍵を握っているかもしれません」

言われてみれば、その通りだ。調べる価値はある。

うなずいて上杉はスマホを取り出した。

「たしかにそうだな。佐竹に伝えよう」

五回のコールで、佐竹の不機嫌な声が聞こえた。

「なんだ、上杉、またなんか用なのか」

「頼みたいことがあってな。いま平気か？」

「ああ、捜査は昨日から進展していない。いまは手持ち無沙汰《ぶさた》の状態だ」

力ない声で佐竹は答えた。

「そうか、進んでないか」

「六階の安井殺しは、灰皿の指紋からどう考えても大月美穂が実行犯だ。こちらは被疑者死亡で送検することになるだろう。しかし、今朝も話したとおり、動機は見つかっていない。さらに七階の勝沼と美穂の心中もどきはいまでも実行為自体がわかっていない。いったいふたりはどうやって毒を飲んだのか、あるいは飲まされたのか。さっぱりわからない。ふたつの事件に関連がある以上、七階の事件を解明しない限り、六階の事件も終わらない」

佐竹の困った顔が見えるような気がした。

「捜査員に調べてほしいことがある」

「なにを調べろって言うんだ？」

「ひとつは安井夫妻の夫婦仲だ」

「おいおい、安井を殺したのは美穂なんだぞ。夫婦仲なんて関係ないだろ」

佐竹のあきれ声が響いた。

「とにかくどうか頼む。もうひとつは美穂と安井玲子の間になんらかの関係があるかを調べてほしい」

「そんなことを調べてなんの意味があるんだよ」

不機嫌な佐竹の声が返ってきた。

「七階と六階の事件のマルガイを、両方とも知っているのは安井玲子だけなんだ。詳しく調べてみても無駄じゃないだろ」

真剣な声で上杉は頼み込んだ。

「まぁ、それはそうだが……」

「とにかく頼む」

「まぁ、おまえの頼みなので当たってみるよ。鑑取り班に配置した捜査員の何人かに当たらせる」

鑑取りとは被害者などの人間関係を中心とした聞き込み捜査を指す。これに対して現場付近で不審者の目撃情報や、被害者の争う声など、事件の手がかりとなる情報を聞きまわる捜査を地取りという。

「さすがは佐竹だ」

「変におだてなくてもいい。どうせ捜査は行き詰まってるんだ」

自嘲《じちょう》的な声で佐竹は言葉を継いだ。

「俺は会ってないけど、安井玲子ってのはいい女だそうだな。捜査員がヨダレ垂らしてたぞ」

　佐竹はおもしろそうに笑った。

「そうだな、いい女だったよ」

　内心とは違う言葉を上杉は口にした。

　玲子はたしかに美しいが、上杉の好みとは大きく違った。

「もうひとつ頼みがある。犯行当夜に《横浜コーストホテル》周辺でタクシーを拾った者や、迎車を頼んだ人間がいないか確認してくれ」

「おいおい、当然ながらそいつはやってるよ。金沢区と近隣の磯子《いそご》区、栄区のタクシー会社には捜査員を送ってあるさ」

　佐竹はあきれ声を出した。

「こりゃ失礼」

「幸浦駅の防犯カメラも押さえてある。だけどなぁ、被疑者が特定されないと駅のカメラの方は進まないな」

　困ったような口調で佐竹は言った。

　たしかに佐竹の言うことは道理だ。

「なにかわかったら、俺に電話してくれ」

「ああ、了解した。じゃあ、娘さんによろしくな」

佐竹の含み笑いが聞こえた。

紗里奈のことを言っているのだ。

「バカ言え、俺はそんなに年取っちゃいないぞ」

上杉は本気で尖《とが》った声を出した。

「あははは」

声を立てて笑いながら佐竹は電話を切った。

スマホをしまおうとしたら振動した。

液晶画面には真田夏希の名前が表示されている。

「おはようございます、真田です。いま大丈夫ですか？」

夏希の明るい声が耳もとで響いた。

「おう、真田、どうした？」

「どうした……じゃないですよ。上杉さんがいない間、大変だったんですから」

夏希はあきれ声を出した。

「そうらしいな」

ちいさく夏希のため息が聞こえた。

「上杉さんに頼りたい場面がいくつもありましたよ」

夏希は今月の上旬に起きたという事件について、詳しく説明した。

山から帰ってから若干の報道には触れていた。県警にとって大事件だったことには違いない。だが、すでに解決した事件だ。上杉にはたいした興味はなかった。もっとも事件の根本にある暗雲はこれからも追いかけなければならない。

「無事に解決してよかったじゃないか」

素っ気ない声で上杉は答えた。

「織田さんが大変だったんです。ちょっと冷たいですね」

夏希はいくぶんトゲのある声で言った。

「あいつは、そんな簡単に音を上げるような男じゃないよ」

織田と一緒に海外を駆け回った日々のことを上杉は思い出していた。

襲いかかる生命の危機にも自分の意志を貫こうとした男なのだ。

「わたしたちはすごく心配だったんです」

夏希のふくれっ面が見えるような気がした。

「気持ちはわかるが、織田は見かけとは違って精神的にタフな男だ」

「そうだとは思いますけど」

不満そうな夏希の声が響いた。

「ま、そのうち電話でもしておくよ」

上杉はちいさく笑って言葉を継いだ。

「織田の話で電話してきたのか？」

夏希の含み笑いが聞こえた。

「根岸分室にかわいい後輩が入ったんですって」

興味深げな声で夏希は訊《き》いてきた。

まだ、夏希には詳しい事情を話していなかった。

「ああ……五条っていう巡査が機動鑑識一係から異動してきた」

素っ気ない調子で上杉は答えた。

「五条さんが根岸分室へ配属されたのは上杉さんのオファーですか」

畳みかけるように夏希は訊いてきた。

「そうだ、俺が黒田刑事部長に頼んだ」

夏希に伏せるべき事実とも思えなかった。

「珍しいですね」

「どういうことだ」

「上杉さんって一匹狼ってイメージがありますから」

まじめな口調で夏希は言った。

自分自身では、とくにそういう認識はしていなかった。

ただ、紗里奈を分室に迎え入れてからは、なんとなく仮の生活をしているような気がする。

「覚えているか。俺と同期の五条香里奈のこと」

答えに困って、上杉は話題を姉の香里奈のことに振った。

「忘れるはずないです。上杉さんと織田さんの執念の捜査のこと。わたしを呼んでくださってありがとうございました」

「あのときは世話になった。真田のおかげで無事に香里奈の弔い合戦ができた」

「そんなことないですよ。上杉さんと織田さんのお力ですよ。あの函館《はこだて》の墓地の丘でのことはいつも思い出しています。香里奈さんは、上杉さんが一〇年間思い続けた女性ですよね。織田さんとふたりで……」

「いや、そういうわけではないが……」

上杉はまたも返事に窮した。

「わたし、香里奈さんに嫉妬《しっと》を感じました。想い出だけでふたりの男性を一〇年も惹《ひ》きつけ続けるなんてすごい人だなって」

夏希はしんみりとした調子で言った。

「なに言ってるんだ」

上杉はいくぶんうろたえた。

「香里奈さんがどうかなさったんですか」

声の調子を改めて夏希は訊いてきた。

「うちに来た五条紗里奈ってのは、香里奈の妹なんだ」

「えー、神奈川県警に勤務していたんですか」

派手な驚きの声を夏希は上げた。

「そうだ。香里奈とは歳は一八も離れていてまだ若いんだ。卒配の後は鑑識課員だったが、まぁ事情があって分室に来てもらった」

「びっくりです」

紗里奈の存在を初めて知ったわけだから、夏希が驚くのは当然だった。

「それでまぁ、うちでしっかり仕込もうという話になってな」

「そういうことだったんですか」

夏希は納得したような声を出した。

「テル兄、テル兄」

ピリナがいきなり、素《す》っ頓狂《とんきょう》な叫び声を上げた。

「なんです、いまの声？」

いぶかしげに夏希が訊いた。

「い、いや……なんでもない」

上杉の額からどっと汗が噴き出した。

「五条のことで電話してきたのか」

あわてて上杉は話を進めた。

「えーと、金曜日の夜なんですけど、上杉さんと紗里奈さん、お時間空いてますか？」

夏希は本題に入った。

「いまのところは俺は空いている。五条はわからんが」

どうせ紗里奈も忙しくはあるまい。根岸分室に来てから、上杉の退勤後は外食か買い物くらいしか外へは出ていないようだ。

「実はね、アリシアに会うんですよ」

嬉《うれ》しそうに夏希は言った。

「おまえら、しょっちゅう会ってるんじゃないのか」

あきれ声で上杉は言った。

「わたしが警察庁に来てからは、お仕事でちょっと顔を合わせるくらいなんです」

淋《さび》しそうな声で夏希は答えた。

ハーネスを付けているお仕事モードでは、じゅうぶんに交歓できないということなのだろう。

「まぁ、真田はアリシアには何度も生命《いのち》を助けられているからな」

「だから、アリシアといっぱい遊んで、その後、みんなで暑気払いに一杯やりたいなって思いまして。戸塚《とつか》なんですけど」

弾んだ声で夏希は言った。

「わかった。で、俺たちにもつきあえということなんだな」

夏希の勢いに押されて上杉は答えた。

「はい、紗里奈さんにお会いしたいんです。それに、紗里奈さんにもぜひアリシアに会ってもらいたくて」

「要するに俺はいてもいなくてもどっちでもいいのか」

笑い混じりに上杉は訊いた。

「そんなことないですよ。小川《おがわ》さんも上杉さんに会いたいって言ってましたよ」

あわてた声で夏希は答えた。

「俺は別に会いたくない」

上杉は素っ気ない声で答えた。

「そんなこと聞いたら、小川さん泣きますよ」

「あははは、冗談だ」

「ぜひ来てください」

熱っぽい口調で夏希は誘った。

「ちょっと待ってろ」

スマホを耳から離して上杉は紗里奈に訊いた。

「今度の金曜の夜、戸塚までアリシアに会いに行かないか」

「アリシアちゃん？」

紗里奈は首を傾げた。

「鑑識課の警察犬だ。ドーベルマンの女の子だよ」

「あ、あの伝説の」

紗里奈は目を見張った。

すでに刑事部内ではアリシアは伝説となっているのか……。

「アリシアは大活躍してるからな……ついでに警察庁サイバー特捜隊の真田夏希と、鑑識課警察犬係の小川祐介《ゆうすけ》も来るんだ」

「アリシアちゃんに会えるならどこにでも行きます」

紗里奈はきらきらと瞳《ひとみ》を輝かせた。

上杉はふたたびスマホを顔に近づけた。

「ちょっと首突っ込んでいる事件があってな。そっちで急に忙しくなったらダメだが、ふたりで行くよ」

「やった！」

夏希はちいさく叫んだ。

「どこで待ち合わせる？」

「ちょっと不便ですけど、横浜市営地下鉄ブルーラインの舞岡《まいおか》駅がありますね」

「真田が住んでるところだな」

「ええ、隣の下永谷《しもながや》駅の近くにアリシアのおうち……警察犬訓練所があるんです。で、舞岡駅の南側三〇〇メートルくらいの場所に舞岡八幡宮《はちまんぐう》って神社があるんです。そこで待ち合わせたいんですけど」

「了解。舞岡八幡宮の境内だな」

根岸からだと、電車でも四〇分ほどで着く場所だ。

「午後七時に境内で待ってます」

「わかった、七時に電車で行く」

「楽しみです。じゃあ、金曜日に」

夏希は弾んだ声で電話を切った。

「アリシアちゃんに会えるなんて嬉しいです」

満面の笑みで紗里奈は言った。

「紗里奈は本当に動物が好きだな」

なかばあきれながら上杉は答えた。

「お茶淹《い》れてきますね」

照れたのか、香里奈はソファから離れた。

この風変わりな、だが、香里奈以上に優秀な資質を持っていそうな女性をどう扱っていいのか……。紗里奈の背中を眺めながら、上杉はとまどいを隠せなかった。

【2】

翌日、出勤した根岸分室に入ると、ケージのなかでピリナがバタバタとはばたいている。

「アリシアちゃん、アリシアちゃん」

ピリナは相変わらずの大声で叫んでいる。

「おはようございます」

紗里奈が奥から出て元気にあいさつした。

白Tシャツにデニムのオーバーオールというカジュアルな恰好《かっこう》だった。

髪は後ろで二つ結びにしているが、それほど長くないので奇妙な感じだ。

相変わらず化粧っ気がないので、年相応にはとても見えない。どこか合宿中の高校生みたいな感じだった。

「アリシアの名前を呼ぶようにって、ピリナに教えたのか？」

驚いて上杉は訊《き》いた。

「ううん、教えてない」

紗里奈は首を横に振った。

「じゃあ、勝手に覚えたのか」

昨日、上杉が定刻過ぎに退勤するまで、紗里奈がアリシアの名を口にしていた記憶はなかった。

「そうだと思う。テル兄が帰ってからも、アリシアちゃんのこと話してないよ」

まじめそのものの顔で紗里奈は答えた。

「ほかのことは話すのか」

「そりゃもちろんだよ。だって、ほかに誰もいないじゃん。七時から八時の間にケージにカバーして寝かせるんだ。オウムやインコってだいたい一〇時間から一二時間くらい寝るからね。それから朝、ピリナが起きてからテル兄が来るまでの間もいろいろ話してるよ」

ケロリとした顔で紗里奈は言った。

「なに話すんだ？」

「好きな音楽聴かせてその話をしたり、いま考えてること話したり、函館の話したり……まぁ、いろいろ」

にこっと紗里奈は笑った。

返事に困って、上杉はソファに座った。

「実は昨日申し入れたことについて捜査本部から情報をもらえた」

「調べてくれたんですね」

「ああ、佐竹はよくやってくれた」

上杉はゆっくりとうなずいた。

さっと紗里奈は向かい合う位置に座った。

紗里奈に伝えるべきことはたくさんあった。

「教えてください」

紗里奈は目を光らせて真剣な表情で言った。

「まずは、安井夫妻の夫婦仲だ」

「どうでした？」

「最悪と言っていいな」

「仲が悪かったんですか」

紗里奈は低くうなった。

「まず、捜査員は玲子の勤務先の《ラ・フルー・ドゥ・スリジェ》のマネージャーやホステスたちに聞き込みを行った。玲子は三七歳で、秀雄より五歳年上だ。ふたりが結婚したのは五年前だ。その頃、玲子が勤めていた別のクラブの客だったことがきっかけで知り合ったということだ。去年の春くらいまでは夫婦仲はよく、酔った玲子がホステスに秀雄のノロケを口にすることもあったようだ。死に顔と免許証の写真しか知らないが、秀雄はなかなかイケメンだよな。まぁ、年下の男に弱い女ってのはよくいるからな」

「どうしてですか？」

目を瞬《しばたた》いて紗里奈は訊いた。

「いや、どうしてかは知らない。俺にはそんな趣味はない……」

こんなとき、真田夏希ならきちんとした説明ができるかもしれないと思いつつ上杉は適当な答えを返した。

「ふうん」

理解できないような紗里奈の顔つきだった。

「ところが、秀雄は大変な浪費家だった。たとえば、六〇〇万円台の収入しかないのに、一二〇〇万円もするジャガーなんかを購入したりしている。自宅は高級賃貸マンションで、本郷台なのに一ヶ月の家賃は三〇万円を超えるそうだ。ここも秀雄の好みで入居したとのことだ。玲子は収入とアンバランスな秀雄の浪費には大いに不満を抱いていたようだ。自分がいくら稼いでも、あらかた夫に持っていかれると嘆いていたそうだ」

「見栄《みえ》っ張りだったんでしょうかね」

「そうかもしれないな。それだけじゃない。秀雄は浮気性だった。かつて《ラ・フルー・ドゥ・スリジェ》に勤めていたホステスにも手を出していたとのことだ」

「嫌な男……」

紗里奈は不愉快そうに眉《まゆ》をひそめた。

「そんなことから夫婦仲はどんどん悪くなったらしい。安井夫妻の自宅付近に聞き込みに行った捜査員が摑《つか》んだ情報では、ふたりが口論する姿を付近の住民が何度も目撃している。それも室内ばかりではなく、マンションの駐車場やロビーでも大げんかしていたそうだ。秀雄の玲子に対するＤＶもあったようだ。一回は玲子が一一〇番通報して栄署の地域課が急行したこともあった。近所の人は玲子が出ていかないのが不思議だと言っていたそうだ」

現場での玲子の態度から、上杉は捜査結果を意外に思っていた。

「やっぱり……」

紗里奈はぼそっとつぶやいた。

「夫婦仲がよくないって予想していたのか？」

上杉は驚いて訊いた。

「はっきりはわかりませんでした。でも、現場でも言いましたけど、玲子さんの悲しみや怒りがなんだか不自然に感じたんです。本当に愛していたら、あんなエネルギーが出るでしょうか？　人の感情の出方はそれぞれだと思います。でも、悲しみが深ければ、夫のあんな姿と対面したら、その場では怒りを吐き出す力も出てこないと思うんです。もし、わたしが同じ目に遭ったら失神しちゃいますね。もちろん、わたしにはそんな人いませんけど」

苦笑とも失笑ともつかぬ不思議な笑いを紗里奈は見せた。

人間に興味がなさそうに見えて、その観察力と洞察力はすぐれている。上杉の紗里奈に対する期待はますますふくらんだ。

「次に、こちらのほうが大発見なんだが……玲子と美穂の間のつながりが確認できた」

上杉の言葉に、紗里奈はぐんと身を乗り出した。

「どんなつながりですか？」

「大月美穂は大学時代の最後の二年間、《ラ・フルー・ドゥ・スリジェ》でホステスをしていたんだ。これは店のマネージャーが証言した」

「本当ですか！」

「これは店の者だけでなく、美穂の友人からも聞けた情報だそうだ。彼女は愛媛県出身で横浜国立大学の経済学部の卒業生だった。学費や生活費の一部を稼ぐために学生ながら《ラ・フルー・ドゥ・スリジェ》で働いていた。顔立ちもよく気が利くタイプだったので、たくさんの客に人気があったそうだ。玲子ママも美穂を大変にかわいがっていた。彼女が《積菱ハウス》に就職した際に口利きをしたのが、殺された勝沼だった。玲子が勝沼に頼んだのかもしれない」

「なるほどぉ」

紗里奈は感心したような声を出した。

「それが勝沼と美穂の交際のきっかけとなったかは明らかではないが、感謝していたことはたしかだろう」

「玲子さん、美穂さん、勝沼さんの間がしっかりとつながりましたね」

いささか興奮気味に紗里奈は言った。

「大学を卒業する際に美穂は店を辞めたが、その後も玲子とは仲よくしていたようだ。ふたりで食事に行くことなどもあったようだ」

いきいきとした紗里奈の顔を見て、上杉は言葉を続けた。

「もうひとつ興味深い話を捜査員は聞き込んできた」

「教えてください」

紗里奈は上杉の目を真っ直ぐに見つめて言った。

「勝沼は玲子にえらくご執心だった」

これは重要な情報と思われる。

「どういうことですか？」

ぽかんとした顔で紗里奈は訊《き》いた。

「つまり……そのだな……」

上杉は説明に窮した。

「玲子さんのことが好きだったってことですか」

罪のない顔で紗里奈は問いを重ねてくる。

「うーん」

上杉はうなりながら、穏当な言葉を探した。

「勝沼は、モノにできるチャンスを狙っていたっていうわけだよ」

背中に嫌な汗が流れた。

高校の教師になった気分だった。

紗里奈は額に青筋を立てた。

意味が通じたようだ。

上杉はホッとした。

「だって、美穂さんにひどいことをして捨てておいて、今度は玲子さんですか」

眉間《みけん》にしわを刻んで紗里奈は憤りを見せた。

「要するに勝沼は女好きってことなんだろう」

上杉の言葉に、紗里奈の顔は怒りで赤くなった。

「もう意味がわかりません。勝沼さんも安井さんも、どうして平気で自分の奥さんを裏切るんですか。勝沼さんに至っては、安井さんの奥さんである玲子さんを誘惑するなんて……男の人ってみんな、そんなに勝手なんですか」

紗里奈の声は震えた。

「いや、それはないだろう。多くの夫婦が仲よくやってるわけだから」

上杉は愚にもつかない答えを返した。

「テル兄はどうなの？　好きな人がいても浮気したりするの？」

紗里奈は上杉の目を覗《のぞ》き込むようにして訊いた。

「なんで俺に振るんだよ」

とまどうしかなかった。

「答えられないんですか？」

だが、紗里奈は許してくれない。

「いや、そんなことはないよ。男と女の出会い、そして結びつきは神聖なものだと思う。世界中でそのふたりが出会うことはひとつの奇跡だ。そんな奇跡を大切にできない人間は愚かとしか言いようがない」

背筋を伸ばしまじめな顔を作って、紗里奈に向けて上杉は堂々と言い放った。

「本当にそう思っていますか？」

疑わしげに紗里奈は念を押した。

「あ、ああ……そう思っている」

額の汗を拭《ふ》きながら、上杉は答えた。

「ならいいんですけど」

紗里奈の声はまだ疑わしげな調子が残っていた。

「俺はちょっと暴対課の堀ってのに頼まれたことを調べるな」

問答に疲れた上杉は、机の島の椅子に座ってPCを起《た》ち上げた。

「捜査本部の皆さま、きちんと調べてくださって本当に感謝です。わたしの提案って無視されることが多かったのに、さすがはテル兄だね」

紗里奈は嬉《うれ》しそうに言った。

「佐竹には、礼を言っておいたよ」

上杉はPCに向かいながら背中で言った。

佐竹は上杉の依頼に対して誠実な対応をしてくれた。紗里奈が提示した二つの疑問に対して捜査本部はできるだけの手を尽くして捜査してくれた。

しかし、上杉には今回の事件の登場人物たちがどのような相関関係を描いているのかまだまだ見えてきていなかった。

佐竹も同じ考えだった。謎の解明はこれからだと言っていた。

「頂いた情報をもとに、ここでしばらく今回の事件のことを考えてみます」

紗里奈は、きまじめな声音で言った。

「ああ、そうしてくれ」

背中を紗里奈に向けたままで上杉は答えた。

昼食は近くの中華屋から店屋ものをとって済ませた。

午後一時過ぎに、上杉のスマホが振動した。

液晶画面に表示されたのは佐竹の名前だった。

「おまえから依頼されてた勝沼信二、大月美穂、安井秀雄三名のスマホに関する発着信記録を携帯電話会社に照会したぞ。令状を取ってたんで、少し遅くなった」

「おお、なにか残っていたか」

「ああ、記録はやはり消去されてた。時系列順に行くぞ。まず当日の午後六時五〇分に、大月美穂から安井秀雄に発信している」

佐竹の言葉に上杉は耳を疑った。

「おい、美穂から安井秀雄にだって？」

念を入れて上杉は確認した。

「そうなんだ。なぜか美穂から安井に対して電話を掛けているんだ。通話時間は二分ほどだ。その二分後の六時五二分に美穂から安井玲子に対して発信している。さらに七時二五分にも美穂から玲子に電話している。それぞれ一分ほど。さらに午後一一時三七分に玲子から勝沼に対して発信している。これは三分くらいだな。安井秀雄と勝沼信二からの発信はない。つまり、美穂から三回、玲子から一回の発信だ。発着信記録は以上だ」

佐竹は歯切れよく言った。

「安井玲子が登場か」

メモを取りながら、上杉は低くうなった。

このふたつの事件はやはり深いつながりがある。

発着信記録にこだわった紗里奈の鋭さに、上杉は舌を巻いた。

「ああ、だが、彼女は勝沼とも美穂とも知り合いだから、さして不思議なことではないだろう。俺が気になるのは、美穂がなんのために安井に電話したのかだ」

佐竹は気のない答えを返した。

「それはそうだな」

「それから、安井秀雄の解剖結果が出た。死因は脳挫傷《のうざしょう》。後頭部を殴られてから短時間のうちに死亡したようだ。犯人は三度、殴っている。死亡推定時刻は午後七時頃から九時くらいの間だ。いまの時点でおまえに伝えられる内容はこれくらいだな。タクシー会社についてはまだ捜査中だ。なにかわかったら連絡する」

「ありがとう。助かるよ」

上杉は素直に礼を言った。

「おまえのほうでなにかつかめたか」

「いや、いまのところは捜査本部に報告するようなことはない」

「なにかわかったら教えてくれよ」

明るい声で佐竹は電話を切った。

「佐竹から追加情報が入った」

上杉は紗里奈に佐竹から得た情報を伝えた。

紗里奈は自分の手帳を取り出してメモをとり続けた。

記録を終えると両頬に掌《てのひら》を当てて、ひじをテーブルについた。

視線は天井に向けられている。

紗里奈は思考しているのだ。

いきなり、ソファの向こうで紗里奈は姿勢を正した。

「わたし、玲子さんに会ってみたいんです」

上杉の目を見つめながら、紗里奈ははっきりとした口調で言った。

「会ってどうするんだ？」

「自分の考えたことをぶつけてみたいんです」

紗里奈の目は力づよく輝いていた。

「今回の事件と玲子の関わりが見えてきたのか」

「はい、見えてきました」

きっぱりと紗里奈は言い切った。

「彼女は六階の安井秀雄殺害事件の被害者だ。それ以外にどんな立場にあるっていうんだ？」

「玲子さんはふたつの事件の犯人です」

紗里奈は目を大きく見開いて一語一語はっきりと発声した。

怖いくらいの眼力《めぢから》が上杉に迫った。

「なんだって？　玲子が七階の事件の教唆犯だとでも言うつもりなのか」

驚いて上杉は訊《き》いた。

「それだけではありません……彼女は三人の死に大きな役割を果たしていると思います。二四日の夜に三人が死んだ今回の事件は、周到に計画された殺人なのです。計画を立てたのはたぶん玲子さんだと思います。実行犯は玲子さんと美穂さんです」

紗里奈の冷静な声が響いた。

「俺には全体の図式が見えてこないぞ。教えてくれ」

せっつくように上杉は言った。

「玲子さん、美穂さん、安井さん、勝沼さん……わたしが考えた事件当夜の四人の行動をご説明しますね」

紗里奈はゆっくりと説明を続けた。

上杉はうなり声を抑えられずに聞いていた。

「……これが真実だと思います」

冷静な口調を保ったまま、紗里奈は説明を終えた。

「突飛にも聞こえるが、否定することはできない」

少しかすれた声で上杉は答えた。

エキセントリックではあるが、紗里奈の説明は筋が通っていた。

上杉は紗里奈の独創的な発想に驚かされた。

「だから、玲子さんに会って、真実を確かめたいのです」

紗里奈は目を光らせた。

「揺さぶりを掛けるのか……しかし、それは先走り過ぎだ。紗里奈の説がもし真実だとしたら、その説を玲子に突きつけることに捜査本部は絶対にＯＫしない」

「どうしてですか」

顔を曇らせて紗里奈は訊いた。

「玲子を任意同行で引っ張ってきて被疑者として取り調べるとしたら任意の自白が必要だからだ。任意の自白でなければ公判を維持できる証拠とはできない。いきなり事件の全容をぶつけて玲子が認めたとしても、自白の任意性に問題が生ずるおそれがある」

「それはわかっていますが……」

「ほかに物証も人証もひとつもないんだ。いまの時点ですべてをこちらからぶつけるのには問題がある。むかしは普通のやり方だったが、いまは取り調べも動画で記録する時代だ。いまの話をすべて本人にぶつけてしまったら任意性を損なう」

上杉は気難しげな声で言った。

自分がひとりで追いかけている事件なら平気で玲子を締め上げるだろう。

説得力のある紗里奈の説に賭《か》けてみるのは悪くない。

しかし、自分は紗里奈の教育係なのだ。

被疑者の人権に配慮し、公判の維持に配慮した正しい刑事のあり方を選ぶ必要があった。

「じゃあ、どうすればいいんですか」

紗里奈は口を尖《とが》らせた。

「いまの段階では、紗里奈の説は単なる推理に過ぎない。たったひとつの状況証拠すらないんだ。捜査本部が動くとは思えない」

「玲子さんは被疑者なんですよ」

紗里奈は断定的に言った。

「そうだな……」

上杉は腕組みをして考えた。

「捜査本部に捜査を継続してもらって、傍証を固めてから任意で引っ張るべきだろうな」

この答えこそ正しい刑事のあり方を示したものだ。

「今夜、わたしひとりで会いに行きます。関内の《ラ・フルー・ドゥ・スリジェ》ですね」

額に青筋を立てて紗里奈は言い放った。

紗里奈の静脈が浮き立つときは、彼女が激しい怒りに襲われたときだと上杉は気づき始めていた。

実際に紗里奈ならやりかねない。

かえってまずい事態を引き起こすおそれがある。

福島一課長や佐竹が信ずるかはわからないが、上杉は紗里奈の説こそ真実であると感じていた。

どうにか紗里奈の望みをかなえる穏当な方法はないだろうか……。

「問題は大きいのだが……」

上杉は重い口を開いた。

「どうするんですか」

紗里奈の顔がぱっと明るくなった。

「単なる聞き込みのかたちで玲子と接するしかないな……そこで、紗里奈の考えた推理をぶつけてみるんだ。玲子が混乱して自白するのを待つ。そうしたら、捜査本部に任意で引っ張ってあらためて正式の取り調べを行う。問題は大きいが、この方法しかない」

ふだんなら上杉のふつうのやり方だ。

「ぜひお願いします」

怖いくらいの真剣な目つきで紗里奈は頼んだ。

「ただし、玲子への質問は俺がする。紗里奈は黙って聞いていろ」

厳しい声で上杉は言った。

「わたし自身が質問する必要はないです」

「じゃあ、店の始まる一時間前くらいに《ラ・フルー・ドゥ・スリジェ》に行ってみよう。クラブなんてのはだいたい八時か九時くらいからの営業だ。俺が確認しておく」

「わかりました」

紗里奈はしっかりとあごを引いた。

「ひとりで……ひとりで……ひとりで会いに行きます」

ケージのなかでいきなりピリナが喋《しゃべ》った。

「こいつ、なに言ってるんだ？」

紗里奈の口調がつよかったためか、一回聞いただけで覚えたようだ。

「ひとりで会いに行きます、ひとりで、ひとりで、ひとりで」

止まり木の上でピリナは同じ言葉を喋り続けていた。

【3】

潮の香りを運ぶ海風に包まれながら、上杉たちは《ラ・フルー・ドゥ・スリジェ》を訪れた。

開店時間は八時だったが、上杉は四〇分ほど前に関内駅から店に電話を入れた。

マネージャーが出て、玲子と連絡を取ってくれて七時半には会える話になった。もともと出勤予定だそうだ。

「今日は勤めに出ているんですね」

紗里奈は冷たい声で言った。

「ああ、予想通りだな」

上杉も紗里奈も、玲子は仕事は休まないだろうと予想していた。

もし、彼女がいなければ中華街で夕食でもとって帰るつもりだった。

「わたしなら、しばらくは人と会うのも嫌だな」

低い声で紗里奈はつぶやくように言った。

上杉は珍しくチャコールグレーのサマースーツにワイシャツ姿だった。ネクタイは苦手なのでノータイとした。

紗里奈は現場に行ったときと同じ黒のパンツスーツだった。髪の毛は地味にひっつめている。いつものように化粧っ気はない。ファンデーションくらいは塗っているのだろうか。

店に入ると、すでに開店の準備は整えられていた。

二〇畳くらいの空間はクラシックでゴージャスな雰囲気に満ちていた。

靴が沈み込むようなふかふかの絨毯《じゅうたん》は細かい花模様が織り込まれている。

天井からは大きなガラス製のシャンデリアが下がり、テーブルや赤系のレザーの椅子に微妙な陰影を作っていた。

四方向は金色の飾り枠に入った鏡で覆われていて、部屋が広く見えるように設計されている。

上杉はこうした雰囲気が好きではないが、とくに苦手というわけでもない。だが、紗里奈は身体をガチガチにこわばらせて、すぐ後ろに隠れるように立っている。

「あちらのお部屋でお待ち頂けますでしょうか」

黒のタキシードに身を包んだマネージャーが慇懃《いんぎん》な態度で別室に誘《いざな》った。

四〇代半ばで髪をオールバックにしたホテルマンのような雰囲気の男だった。

別室は六畳ほどの狭い部屋で、メインルームと似たような雰囲気だった。照明はメインルームよりいくらか明るい。

上杉と紗里奈は赤いレザーソファに並んで座った。

「いらっしゃいませ」

すぐに和服姿の玲子がにこやかな笑みとともに現れた。

背後に若い黒服の男が付き従っている。

白を基調とした夏らしい着物で水色や薄紅色で草花が描いてある。ところどころに金糸銀糸の刺繍《ししゅう》が散っていた。上杉にはよくわからないが、大変高価な着物のようだ。

美容院に寄ってきたばかりのほつれ毛ひとつない見事な夜会巻きの髪がつややかに光る。

現場のときとは雰囲気が違うのは、着物やヘアスタイルのせいばかりではない。華やかな目鼻立ちをより引き立てるメイクのために、艶《あで》やかで華やかな大人の女の魅力があふれ出ていた。

華やかな香水の匂いが上杉の鼻腔《びこう》をくすぐった。

ただ、七〇五号室の香水とは違う種類のように感じられた。

だが、紗里奈の説によれば、玲子が七〇五号室と同じ香水をつけているはずはない。

「お忙しいところ、お時間を頂戴《ちょうだい》してまことに恐縮です」

上杉はさっと立ち上がってきちんと頭を下げた。

あわてて紗里奈も立ち上がって一礼した。

「なにを召し上がります？」

ふたりが座ると、満面に笑みをたたえて玲子は訊《き》いた。

「いえ、仕事で参っておりますのでお気遣いなく」

玲子が目配《めくば》せすると、若い黒服はさっと部屋を出ていった。

「県警刑事部の上杉と申します」

名乗りながら、上杉は名刺を差し出した。

「五条です」

紗里奈はこくんと頭を下げた。

緊張は続いているようだが、しっかりと名乗っている。

「先日、お目に掛かりましたね……あら、上杉さんはお偉いのねぇ」

白いレースの手袋で名刺を手に取った玲子はかるい驚きの声を上げた。

上杉の名刺には氏名のほかに刑事部根岸分室長の肩書きと根岸分室の住所、電話番号、さらには神奈川県警察警視という階級が印刷してある。

警察官の名刺として一般的なスタイルだ。

「恐れ入ります」

上杉は恭敬な態度で答えた。

「主人の遺体は明日《あした》帰ってくるんですね」

玲子は沈んだ顔になった。

「そのように聞いています」

「こんな日に勤めに出ているなんて薄情な女だとお思いでしょうね」

かすかに口もとに笑みを浮かべて玲子は訊いた。

「いえ……」

上杉は短く答えた。

「さすがに月曜と火曜は休みました。でもね、ひとりで家にいると、あの人のことを思い出してしまって……」

泣き声になって玲子は言葉を継いだ。

「お店に出て女の子たちやスタッフと話していると、気が紛れてなんとか落ち着いていられるんです」

玲子はハンカチを出して目頭を拭《ぬぐ》った。

「お気持ちよくわかります」

静かな声で上杉は答えた。

「で、犯人の目星がついたんですか」

玲子は身を乗り出した。

「まぁ、その……」

言いよどんでいると、さっきの黒服の男が入ってきた。

黒服はテーブルの上にアイスコーヒーが入った三つのグラスとガムシロップやミルクを置いた。

「この部屋には誰も入れないで」

玲子の言葉に黒服は気取った調子でうなずいて部屋を出て行った。

「誰が夫をあんなひどい目に遭わせたのですか」

激しい口調で玲子は訊いた。

美穂の指紋がついた凶器の灰皿については、捜査員たちはもちろん玲子には伝えていない。

「それをお話しする前に、ご主人さまが被害に遭われた夜に、あの部屋の上の階でひと組の男女が亡くなった事件はご存じですか」

上杉は淡々とした口調で訊いた。

「テレビのニュースで見て驚きました。同じホテルで同じ日に心中事件が起きていたなんて信じられません。しかも勝沼さんと美穂さんが亡くなるなんて……」

玲子は静かに首を横に振った。

「わたしどもは二つの事件を同時に捜査しております」

「それは大変ですね」

型どおりの答えを玲子は返してきた。

「警察としては、現時点では七階の男女の死を心中とは断定しておりません」

上杉は話を先に進めた。

「まぁ、どうしてですの？」

玲子は不思議そうに訊いた。

「七階で亡くなった勝沼信二さんはこちらのお店の常連さんですよね」

なんの気ない調子で上杉は尋ねた。

「はい、もう七年くらい前からときどきお見えになっていました。あの方は大手の住宅メーカーの責任ある地位にいらっしゃったので、接待が多かったですね。つい一週間ほど前にも取引先の方と見えていました。まさかこんなことになるなんて……」

玲子は悲しげに目を伏せた。

「ご主人さまも勝沼さんとこちらのお店でご一緒になることが多かったのですか」

「むかしのことですね。やはり接待の関係で……結婚してからは来ることはありませんでした」

いくらか警戒心を見せて玲子は答えた。

「勝沼さんとあなたの個人的なおつきあいなどはなかったのですね」

上杉の問いに、玲子は眉間《みけん》に深いしわを寄せた。

「それはどういう意味でしょうか？」

「いえ、心当たりがなければ、けっこうです」

　上杉は涼しい顔で答えた。

「次に伺いたいのですが、勝沼さんと一緒に亡くなっていた大月美穂さんともお親しかったのですか」

　やわらかい声音で上杉は訊いた。

　一瞬、玲子は沈黙した。

　どう答えようか悩んでいる表情にも感じられた。

「はい、美穂ちゃんは六年くらい前までうちで勤めて頂いていました。その頃はまだ大学生でした。二年間くらいでしょうか。きれいな子ですし、機転も利くのでお客さまには人気がありました。ずっと勤めていてほしかったのですが、卒業と就職を機会に辞めてしまいました」

　平らかな表情で玲子は答えた。

「最近もおつきあいはありましたか」

「いい子ですし、つきあいは続いていました。とは言っても三、四ヶ月に一度食事するくらいの仲でしたが」

「美穂さんから悩みごとを相談されるようなことはありませんでしたか」

「いえ……とくに悩んでいるというようなことは話してくれませんでした。もし自殺するほど悩んでいたのなら、ひと言でもいいから相談してくれればよかったのに。そしたら力になって上げることもできたのに」

玲子は悔しげに唇を噛《か》んだ。

「勝沼さんと美穂さんは《積菱ハウス》で上司と部下のような関係だったんですね。ふたりは不倫の関係にあったことがわかっております」

表情を変えずに上杉は言った。

「まぁ、そうなんですの」

玲子は口を開いて右の掌《てのひら》で覆った。

「ご存じありませんでしたか」

畳みかけるように上杉は訊《き》いた。

「いいえ、存じません」

はっきりと玲子は首を横に振った。

「美穂さんの自筆遺書が見つかっております」

上杉はスマホを取り出すと、美穂の遺書の写真を表示させて玲子に見せた。

──信二さんと天国で幸せになります。皆さん、ごめんなさい。美穂

「かわいそうに」

ちらと見て玲子は顔をそむけた。

「美穂さんのお腹には四ヶ月になる生命《いのち》が宿っていたのです」

上杉は暗い声で言った。

「そんな……」

玲子は絶句した後で、舌をもつれさせて訊いた。

「だ、誰の子なんですか」

「これは推測に過ぎませんが、勝沼さんが父親ではないかと考えています」

上杉の言葉に、隣で紗里奈が身体を硬くした。

「さて、別のお尋ねをします」

ゆったりとした口調で上杉は言った。

「なんでしょうか」

玲子の目にはふたたび緊張の色が見えた。

「事件当夜、あなたはご主人と《横浜コーストホテル》に宿泊する予定ではなかった

と伺っていますが、それは本当ですか」

　上杉の問いに玲子は口もとを歪《ゆが》めて答えた。

「なぜお疑いになるんですか？　わたしは当日は風邪気味で少し遅刻しましたが、九時過ぎには店に出ております。どこかに宿泊する予定などはありませんでした」

　玲子ははっきりと否定した。

「ご主人はツインを予約していました。しかも翌日は会社に休暇を申請しています。二四日から二五日に掛けて、ご主人が誰かと休日をすごす予定だったことは明らかだと思います。それはあなたではないのですね」

「だから、最初から違うと申しあげております」

　トゲのある声で玲子は言った。

「まぁ、あなたとご主人は一緒に休日を楽しむというようなご夫婦ではなかったようですが……むしろ、いがみ合う時間を過ごすことが多かったのではないですか」

　上杉は皮肉めいた口調で言った。

「そんなことはありません」

　眉《まゆ》をひそめて玲子は言った。

「ですが、近所の人たちの何人もがおふたりが諍《いさか》いをしていたと証言しています」

「そんなことまで調べているんですか」

あきれたように玲子は言った。

「警察はどこまでも詳しく調べます。それに証言を待たずとも、ご自宅でケンカして警察を呼んでいらっしゃいますよね。記録に残っていますよ」

「そんなこともありましたね。ですが、夫婦はときに不安定な状態になることもあります。いつも仲違《なかたが》いしているというわけではありません」

玲子はあきらめたような顔で言い訳した。

「《横浜コーストホテル》で一緒に時間を過ごす予定だった人物に心当たりはありませんか」

上杉は玲子の目を覗《のぞ》き込むようにして訊いた。

「いいえ、まったく……想像もつきません」

玲子はしっかりと首を横に振った。

「ご主人は複数の女性とつきあいがあったようですが」

「まぁ、失礼な」

玲子は目を怒らせた。

「何人かの証言を得ていますが、その人たちがウソをついたとおっしゃるんですか？」

いささか意地悪な調子で上杉は訊いた。

「ウソだとは言っておりません。たしかに主人は女性にはだらしないところがありました。ですが、そのことが事件となにか関係があるのでしょうか」

玲子は不快そのものと言った顔で訊いた。

「わたしたちは関係があると思っております」

上杉はきっぱりと言った。

「では、その女が夫をあやめたのですよ」

玲子は目を吊《つ》り上げた。

「必ずしもそうとは言いきれません……すでに捜査員が調べているのですが、ご主人と大月美穂さんは知り合いですよね」

重要な事実を上杉は突きつけた。

「……はい、美穂ちゃんがうちの店に勤めていた頃は、主人の席などにも参りましたから」

一転して弱々しい声で玲子は答えた。

「美穂さんとご主人の間にはいまでもつながりがあるのでしょうか」

玲子の目を真っ直ぐに見て上杉は訊いた。

「そんなことはないと思いますが……」

　玲子の声にはさらに力がなくなった。

「実はですね、当夜の午後六時五〇分頃に、美穂さんはスマホからご主人のスマホに電話を掛けているんです。この時間はすでに美穂さんはチェックインしています。つまり、美穂さんはホテルからご主人に電話しているわけです」

　上杉は言葉に力を込めた。

「え……」

　玲子は絶句した。

　よく見ると、玲子の肩が小さく震えている。

「いったいなんのために美穂さんは電話をしたのでしょうか」

「そんなことわたしにわかるわけがありません」

　きつい口調で玲子は答えた。

「さらに、その後すぐに美穂さんはあなたに電話している。美穂さんから二四日の午後六時五二分頃に電話がありましたね」

　上杉の質問にしばし玲子は沈黙した。

「そう言えばありましたね」

玲子は視線を天井に移して思い出すような表情になった。

「どんな話をしたのですか」

間髪を容《い》れずに上杉は訊《き》いた。

「次に会える日を美穂ちゃんが訊いてきたのです。七月中はどうかって……わたしは八月に入らないと難しいって答えました」

平静な表情を取り戻して玲子は答えた。

なかなかしたたかな女だと、上杉は舌を巻いた。

「そのおよそ三〇分後の午後七時二五分頃も美穂さんから電話が掛かってきましたよね」

「そうそう、掛かってきました」

「どんな内容でしたか」

「聞き忘れたけど、八月の空いている日を教えてくれって電話でした。わたしはあと一週間くらい待ってくれって答えました。そしたらきちんと返事できるからって」

声の調子も変えずに玲子はしっかり答えている。

「ところであなたはその二本の美穂さんからの電話をどこで受けましたか？」

「さっきもお話ししたと思いますが、あの晩は風邪気味で勤めに出るのが遅くなりました。八時くらいまでは家で休んでおりました。それからなんとかタクシーに乗りました」

不愉快そうに玲子は唇を歪めた。

「なるほど、八時くらいに家を出てこのお店に向かったのですね」

「いいえ、行きつけの《ボヌール》という美容院に寄って髪をセットしてもらってから店に出ました」

「その美容院はどちらにありますか」

「すぐ近くの常盤町《ときわちょう》にあるお店です」

「どれくらいの時間、美容院にいましたか」

上杉の問いに玲子は顔をしかめた。

「わたしたちのセットをしょっちゅう扱っている美容室ですから、三〇分は掛からないですよ。でも、刑事さん、なんであの晩のわたしの行動をしつこくお尋ねになるんですか。まるでわたしを犯人扱いしているみたいじゃないですか」

不快そのものの顔つきで玲子は言った。

「動機のある方には、いちおう当夜の行動を伺うことになっておりましてね」

表情を変えずに上杉は言った。

「動機ですって!」

玲子は叫び声を上げた。

「あなたはご主人を憎んでいた。彼は浪費家で女性についてもだらしなかった。あなたが別れないのが不思議だって言っている人もいました」

「バカなことを言わないでちょうだい。無礼ですよ。わたしが夫を殺すなんてあり得ないことです」

怒りで顔を赤くして玲子は叫んだ。

「だから、刑事ってのは嫌われるんですがね……さて、あなたは午後一一時三七分に勝沼信二さんに電話していますね。いったいどんな内容だったのですか」

上杉は玲子が発信した電話について尋ねた。

「それは……」

玲子は言葉に詰まった。

「話せないような内容ですか」

玲子は一瞬、黙った。

「いえ、実はあの前の日に勝沼さんから相談を受けたのです。そのことで心配になって電話しました」

「どんな相談ですか」

「美穂ちゃんが怖いからどうすればいいかという相談です」

「怖いとは？」

「勝沼さんは、半月ほど前に、奥さんと別れて結婚してくれって美穂ちゃんに迫られていたのです。それで、勝沼さんは家庭を壊す気はないって返事して、別れ話を切り出したんです。そしたら、美穂ちゃんおかしくなっちゃって、ストーカーみたいになっちゃったって言うんです。無言電話を掛けてきたり待ち伏せしたり、果てはカミソリの入った封筒を送りつけてきたりしていたそうです。それで勝沼さんは身の危険を感じていてわたしに相談していたのです。だから、わたしは勝沼さんが心配になって、あの晩も電話してみたんです」

涼しい顔で玲子は答えた。

「さっきはあのふたりの不倫なんて知らないって言ってましたよね」

上杉は平板な口調で追及した。

「ごめんなさい。美穂ちゃんの名誉のためにウソをつきました」

玲子はかるく頭を下げた。

「刑事の質問に正直に答えないと、あなたが不利益を被ることになりますよ」

上杉は皮肉な口調で言った。

「だから、いま正直に申しあげているじゃないですか」

だが、玲子は平然と開き直った。

「これからはすべてを包み隠さずに話してください」

「わかりました」

玲子はかるく頭を下げた。

「勝沼さんは警察に相談してもらえばよかったですね」

「それはねぇ、勝沼さんは、社内の不倫が公けになることを避けたかったんですよ。結局は会社を辞めることになってしまうでしょうから」

いちおうは説得力のある言葉に聞こえる。

「なるほどね……美穂さんとの電話ではそのことには触れましたか？」

「いいえ、なかなか口に出せずに、会ったときに話そうと思っていました」

言い訳めいた口調で玲子は言った。

すでに玲子は完全に矛盾した発言を繰り返している。

勝沼が身の危険を感じていると言ったとすれば、美穂との会話はのんきすぎる。しかも、八月に入らないと会えないと答えるのはあまりにも不自然だ。

それを、美穂の名誉を守るためという言葉でごまかしている。

しかし、勝沼にも美穂にも肩入れする義理はないと逃げられたらそれまでだ。

事実、勝沼と美穂のトラブルに玲子がなにかをしなければならない義務はない。

上杉はとりあえず矛を収めた。

そのときスマホが振動した。

佐竹からだった。

「ちょっと失礼」

上杉は立ち上がって廊下に出て電話を受けた。

「とんでもない事実が浮上したぞ」

佐竹の声は興奮気味だった。

「いったいなんだ？」

周囲を見ながら声を潜めて上杉は訊いた。

「安井玲子が急浮上だ」

「なにか見つかったのか」

「玲子は事件当夜、七時五五分頃、あのホテル付近でタクシーを拾っている」

「本当か！」

　上杉の声は弾んだ。

　これは決定打だ。

「ああ、金沢文庫駅近くの《金沢ハイヤー》っていうタクシー会社だ。捜査員が玲子の写真を持っていったらドンピシャだ。サングラスを掛けていたようだが、派手な顔立ちだから運転手は覚えていた。ホテルに客を送った帰りのクルマを拾ったんだ。中区常盤町まで乗っている。ドライブレコーダーにも記録があって、いま科捜研で画像解析をしている」

　佐竹は明るい声で説明した。

「常盤町の《ボヌール》という美容院までだろ」

　上杉はウキウキした声で言った。

「そんなことまで摑《つか》んだのか」

「ああ、本人から聞いた」

「おまえ、玲子のとこに行ってるのか」

「すまん、佐竹。勝手なことして。だけど、彼女がホンボシだよ」

「玲子が旦那《だんな》を殺したって言うのか」

　乾いた声で佐竹は言った。

「そういうことだ」

「だが、凶器からは大月美穂の指紋が出ているんだぞ」

「偽装工作だよ」

「美穂の指紋がついた灰皿を玲子が凶器に用いたと言いたいんだな」

「まぁ、そんなとこだ」

「そうだとすると、我々は最初から騙《だま》されていたわけだな」

「警察官には指紋信仰があるからな」

指紋が出ると、犯人を特定できたと考える警察官は多い。各種の証拠のなかでも指紋は取り分けて重視されると言ってもいい。

「たしかにそうだ。裏をかかれたってわけか……」

佐竹はうなった。

「自白が取れたら電話するから、関内桜通りの《ラ・フルー・ドゥ・スリジェ》に何人かよこしてくれ。本部からなら四、五分で来られるだろ」

「おい、待てよ」

佐竹はあわて声を出した。

「じゃ、忙しいから切るぞ」

返事を待たずに上杉は切った。

部屋に戻ってきてソファに座ると、上杉はゆっくりと口を開いた。

「あなたは《横浜コーストホテル》はよく利用していましたか?」

「いいえ、今回のことで警察からお電話を頂いて初めて行きました」

玲子は首を横に振った。

「間違いないですね」

上杉は玲子の顔を見ながら念を押した。

「ええ、ホテルの存在すら知りませんでした」

玲子は平然とした表情で答えた。

「ちょっと手袋を取って頂けませんか?」

とつぜんの申し出に玲子はちょっと身を引いた。

「なぜですの?」

「あなたの手を拝見したいのです」

「それが何の役に立つんですか」

きつい目つきで玲子は訊《き》いた。

「見せられない理由でもあるのですか」

上杉は冷たい声で言った。

玲子はちいさく舌打ちすると、左右の白レースの手袋をゆっくりと外した。

ピンクを基調としたネイルアートを施した爪が華やかに光っている。

ちいさな真珠みたいな飾りがキラキラと輝いた。

だが、右手の中指と人差し指の爪が、ほかの爪に比べて二ミリほど短い。

「中指と人差し指の爪が少し短いですね」

上杉は玲子の爪を見ながら尋ねた。

「少し欠けたので、行きつけのネイルサロンで補修してもらいました」

玲子はさらっと答えた。

「なぜ欠けたのですか？」

畳みかけるように上杉は訊いた。

「家の近所でちょっと転んでしまいまして、そのときに地面に手をついたんです。起き上がってみたら欠けていました」

表情も変えずに玲子は答えた。

「ほう、そうでしたか。あなたが凶器を使ったときに欠けたのかと思っていましたが」

上杉は皮肉いっぱいに訊いた。

「なにを言っているの」

玲子の顔色が変わった。血の気が引いている。

「あなたは現場に駆けつけたときも、いまもレースの手袋をしていらっしゃった。そういうこともあり得るのではないかと思いましてね」

「濡《ぬ》れ衣《ぎぬ》よ！」

玲子は青白い顔で叫んだ。

「そうですか。濡れ衣は警察がいちばん気をつけなければならないことです」

上杉はとぼけた声で答えた。

「だいいち凶器からは指紋が出ているんでしょ。その指紋を調べれば犯人がわかるでしょ」

噛《か》みつきそうな顔で玲子は言った。

「警察はそんなこと発表していませんよ」

冷たい声で上杉は答えた。

「だ、だって、あの場で指紋を採っていたじゃないの」

身体を震わせて玲子は言った。

「ほう、あなたは凶器がなんだか知っているんですか。なにから指紋を採っていたと言うんです。わたしたちは説明していないと思いますが」

上杉は玲子の発言の嘘をはっきりと指摘した。

「それは……」

虚を突かれたように玲子は黙った。

「あなたの言葉には真実性がありません。先ほどからの言葉は矛盾だらけだ。とても信ずることはできない」

上杉は冷たく言い放った。

「ひどいわ」

玲子は涙ぐんだ。

「あなたは《横浜コーストホテル》には行ったことはない。存在も知らないと言っていた。しかしですね、事件当夜の七時五五分頃、ホテル至近の場所でタクシーを拾っているじゃないですか。それでもあのホテルを知らないと言うんですか」

決定的な事実を静かな声で上杉は突きつけた。

「うっ……」

玲子は目を剝《む》いてのどを詰まらせたような音を出した。

「運転手さんはサングラスを掛けているあなたを覚えていましたよ。それにドライブレコーダーの記録も残っています。なるほど、幸浦からタクシーで急げば関内駅周辺までは二〇分ほどだ。美容院で三〇分を費やしてもほぼ一時間で着きます。七時五〇分頃に六二二号室から逃走しても九時過ぎにはお店に出られますよね。どうですか」

玲子は黙って床のじゅうたんを見つめている。

真意はガクガクと震えている。

絶叫しそうになるのを必死に抑えようとしているように思われた。

「観念したほうがいい。あなたがご主人になにをしたかすべてを話してください」

引導を渡そうとしたが、玲子はいきなり顔を上げた。

「でも、ホテルには防犯カメラが……」

玲子はぼんやりとした声で言った。

「そ、そうよ。警察じゃ防犯カメラの映像をチェックしているでしょ。そこにわたしが映っているわけはないのよ」

うなされたような口調で玲子は言った。

「詳しいですね。でも、あなたがホテルに入ったかどうかは防犯カメラの映像がなくても立証できるんですよ」

静かな口調で上杉は攻めた。

「なんですって」

玲子は目を大きく見開いた。

「鑑識は六二二号室のじゅうたんに集塵機《しゅうじんき》を掛けてあらゆるものを収集しています。そのなかには本人が気づかぬうちに落ちた髪の毛なども含まれます。微物鑑定をしてあなたのDNAと照合すれば、あなたがあの部屋に入ったことは証明されます。いまのところわかっていませんが、あなたが往路に使ったタクシーも割り出せると思いますよ。それにあなたが勝沼さんに掛けた電話の基地局が金沢区ということも調べられます」

上杉は玲子の逃げ道をふさぐように言った。

「じゃ、じゃあ、わたしがどうやって秀雄を手に掛けたか言ってご覧なさいよ。いままでの話じゃ、わたしがあの日にホテルの六二二号室に行ったことしか証明できないでしょ。指紋は美穂ちゃんのものなんだから、殺したのも美穂ちゃんよ。そ、そうよ。わたしは美穂ちゃんから電話を受けて心配になってホテルに行っただけなんだから。あの子が秀雄を殺したいなんておかしなこと言うから。それで、あの子を止めようとしたけど、間に合わなかったのよ」

つばを飛ばしながら早口で玲子はまくし立てた。

驚きを通り越して、上杉はあきれてしまった。

ここまで食い下がる被疑者を見たことがなかった。

「美穂さんがどうしてご主人を殺したくなったんでしょうか」

どうせ口からでまかせに決まっているが、いちおう上杉は尋ねた。

「夫にひどいこと言われたのよ」

ふてくされたように玲子は言葉を継いだ。

「とにかく、わたしがどうやって殺したか説明してみなさいよ」

玲子はあごを突き出した。

「わたしにはあなたの行動がぜんぶ説明できます」

ずっと黙っていた紗里奈が、はっきりした発声で言った。

「おい、五条、やめろ」

肩に手を掛けて上杉はたしなめたが、紗里奈は無視した。

「六階の秀雄さんの死と七階の勝沼信二さんの死の両方にあなたは関わっていますね」

「なにを言っているの」

玲子の声がかすれた。

「あなたは今回のふたつの事件を計画し、実行したのです。大月美穂さんからの相談がスタートでしょう。美穂さんは自分を捨てて顧みない勝沼さんを憎み、殺したいと願っていた。お腹に子どもまでいるのに、勝沼さんは美穂さんを捨てた。自分は死んでもいいから勝沼さんを殺したいという美穂さんの強い意志を知って、あなたは夫である秀雄さんを殺すことを考えた。つまり今回のふたつの事件はあなたと美穂さんの共犯なのです」

紗里奈はちょっと息をついてふたたび口を開いた。

「まずは舞台の設定です。あなたは美穂さんに秀雄さんを誘惑させて《横浜コーストホテル》に泊まる予定を立てさせた。秀雄さんはあっさり美穂さんの誘いに乗ってホテルを予約した。きっとあなたは殺意をあらたにしたことでしょう。その一方であなたは自分に迫り続けていた勝沼さんの気持ちを受け容《い》れるようなフリをして、同じ《横浜コーストホテル》に誘った。秀雄さんは美穂さんと、勝沼さんはあなたとの夜を楽しみにして、ともに二四日の晩は《横浜コーストホテル》に泊まることになった」

玲子はそっぽを向いて無言で話を聞いている。

「美穂さんは六時過ぎにチェックインをして七〇五号室で待機していたのです。彼女は六時五〇分頃に秀雄さんに電話を入れてホテルへの到着時刻を確認し、すぐにあなたに電話を入れて七時過ぎに到着すると伝えます。あなたはホテルに向かい、近辺で待機しています。美穂さんからの七時二五分の電話はあなたを六階の非常口から引き入れるためのものだったのです。美穂さんは廊下側から非常口を開けてあなたをホテル内に入れます。これでエントランスやロビーの防犯カメラをクリアできます。館内に入ったあなたには事前に美穂さんが自分の指紋を付けた七〇五号室の灰皿を渡します。その足で、美穂さんも同行して部屋の入口で声を掛けたのではないですか。秀雄さんは安心してドアを開ける。美穂さんは六二二号室に入って秀雄さんと話をして彼に隙を作らせる。たとえば、言葉巧みに顔を洗いに行かせるようなことだったかもしれません。隙を狙って美穂さんはあなたを部屋に引き入れた。あなたは入口付近に潜んでいた。秀雄さんがベッドに座っている美穂さんに向かって真っ直ぐに進むところを横から迫って側頭部を殴ったのでしょう。秀雄さんが昏倒《こんとう》したところで、後頭部を殴って殺したのです。三回も殴っているところにあなたの憎しみを感じます。着物が汚れないように上に薄いコートかなにかを羽織っていたのでしょうね。秀雄さんが絶命したところで、あなたは侵入した非常口から逃走してタクシーで関内に向かった。これが、安井秀雄さん殺害事件の全容です」

紗里奈は一瀉千里《いっしゃせんり》に喋《しゃべ》って肩で息をついた。

「いまの五条の説明に従って、我々は徹底的に証拠を収集する予定です。玲子さん、あなたは決して逃れられない。あきらめたほうがいいです」

上杉は強い口調で決めつけた。

しばらく黙ってうつむいていた玲子はやがて長い息を吐いた。

「あいつが悪いのよ」

独り言のように玲子は言った。

「わたしにあんなに多額の借金を負わせて……。それでも好きだったからガマンしていた。三〇歳を過ぎてから初めて好きになった男だから、彼にはなんでもしてあげてた。クルマだって時計だって、ほしいものはすべて買ってあげてた。好きなマンションに住まわせてあげた。わたしは体調が悪くても歯を食いしばって店に出た」

ひどく淋《さび》しそうな顔で玲子は言葉を継いだ。

「だけど、ここ二年くらい、あの男はわたしのことをババア扱いして、若い女の子と浮気しまくった。うちの店の子にまで手を出すなんて。今回の計画のために美穂ちゃんに誘わせたら、彼女をゲットできると知ってホテルの予約までした。あんな男、生きている資格なんてない。死んであたりまえの最低のクズよ」

喋っているうちに玲子の口調はどんどん激しくなり、最後には叩《たた》きつけるように言葉を吐いた。

「別れることは考えなかったんですか」

上杉は素朴な疑問を口にした。

「うるさいわね、わたしの勝手でしょ」

玲子は声を荒らげた。

あるいは玲子は秀雄に多額の生命保険を掛けていたのではないか。

上杉の想像に過ぎないが、玲子の性格から推察すると否定できない気がした。

これは今後の捜査を待つしかない。

「さっきも言いましたが、あなたは七階の美穂さんと勝沼さんの死にも大きな役割を果たしたと思います」

きまじめな顔で紗里奈は口を開いた。

「へぇ、聞かせてよ」

ふて腐れた調子に戻って玲子は言った。

「あなたに勝沼さんは、七〇五号室に入る前に自分に電話するように頼んでおいたのではないですか。お客さんやスタッフの目を盗んであなたは勝沼さんに電話を入れたのですね。これがあなたから勝沼さんへの一一時三七分の発信記録です。でも、あなたはこのお店にいた。そのとき部屋にいたのはあなたではなく、美穂さんだった」

紗里奈の表情は自信に満ちたものだった。

「それで？」

玲子は言葉少なに訊《き》いた。

「ここからは勝沼さんと美穂さんが亡くなっていて、あなたはこのお店にいたのですから証人は誰もいません。あなたの罪を立証することも難しいでしょう。ですが、現場に残されていたものなどから状況は明白だと思います。あなたは勝沼さんに一種の遊びを提案したのだと思います。部屋を真っ暗にしておくから真っ直ぐベッドに来てわたしにキスして……というような」

耳まで真っ赤にして紗里奈は言葉を途切れさせた。

「ふふふふふ……そんな男と女の遊びもあるらしいわね。真っ暗ななかで愛し合うのは悪くないものよ。男性は視覚的な楽しみが奪われるからすぐに飽きるそうだけど、女性は羞恥心《しゅうちしん》が減らせるから好む人も多いって聞いているわ。平安《へいあん》時代のお公家《くげ》さんなんかも闇を清澄なものとして尊んだので、房事には灯《あか》りをつけなかったそうよ。ま、あなたみたいな子にはわからない話でしょうけど」

最後はトゲのある玲子の言葉だったが、紗里奈の顔には怒りの感情は浮かんでいなかった。ただ、恥ずかしげに目を伏せていた。

「部屋の窓は美穂さんによって遮光窓が閉じられて真っ暗でした。と言っても完全な闇では勝沼さんは行動が取れませんから、美穂さんは遮光窓を一枚だけ開けておいた。自分の顔がわかりにくい右端の窓を一枚だけ開けておいたのです。さらにあなたがいつもつけている香水を部屋中に満たしておいた。もちろん、ベッドのなかにいるのが玲子さんだと勝沼さんに信じ込ませるためです。勝沼さんはあなたの言葉に従って真っ暗な部屋をベッドへ進みました。相当焦っていたのではないでしょうか。床に高級腕時計が落ちていましたから。でも、どうしてそんなときにあわてて時計を外したのかはどうしてもわかりませんでした」

紗里奈が言葉を切ると、玲子は不思議な笑みを浮かべた。

「教えてあげる。ベッドで時計をしている男なんて大嫌い。女の肌を時計で傷つけるかもしれないのに、そんなデリカシーもない男は最低って、勝沼さんやほかのお客さんに話したことがあるの。勝沼さん、それを覚えていたのね。へんなところで律儀なのがおかしいわ」

玲子は声を立てて笑った。

「そういうことか……」

納得したようにうなずくと、紗里奈は説明を再開した。

「ここからは離れ業なのですが、美穂さんは口中に毒入りのワインを含んでいたのです。そして勝沼さんがキスしたところで無理やり口移しをした。勝沼さんは毒入りワインを飲み込んでしまった。それですぐに亡くなったのです。検出された毒物は青酸化合物であることがわかっています。この種類の毒は一定量を飲み下して胃酸と混じったときに青酸ガスが発生して呼吸中枢がマヒして死亡します。口中に傷があれば危険だそうですが、含んだだけでは死ぬことはないのです。たとえば、胃酸がまったく出ない無酸症の患者さんは青酸化合物を飲んでも死亡しないそうです。だから、その時点で美穂さんは死ななかった。頭痛や呼吸困難、めまいなどの症状は出ていたかもしれません。美穂さんはそんな症状と闘いつつ、自筆の遺書をベッドサイドテーブルに置いたのです。最初から目立つ場所に置いておけば勝沼さんに見つかるおそれがありますからね。その後、ふたたび毒入りワインを飲んで美穂さん自身も亡くなったというわけです。いずれにしても、美穂さんは勝沼さんを殺して自分も死ぬつもりだった。つまり無理心中です。でも、その筋書きを書いたのはあなたなのではないですか。勝沼さんは美穂さんから逃げ回っていたわけですから、呼び出してもノコノコやってきたりはしないでしょう。だから、あなたの名前を使った。しかもあなたは電話を使って勝沼さんに部屋にいるのだと思い込ませた。つまり美穂さんの殺人を手伝ったのです。その代わりに自分が秀雄さんを殺すときに手伝わせた。違いますか」

詰め寄る紗里奈の言葉には説得力があった。

たしかにこの艶《つや》っぽい殺人ストーリーはふつうの女性が思いつくものとは考えにくい。

男と女のことを知り尽くした人物が考えそうな計画だ。

そんな計画を男女のことに疎いとしか思えない紗里奈が再現できたことは上杉にとって大きな驚きだ。彼女は鋭い観察力と緻密《ちみつ》な論理力、さらには豊かな想像力を持ち合わせている。事件の筋を読むことに紗里奈は天性の資質を持っているとしか思えなかった。

「さぁ、どうでしょうね」

玲子は首を傾げてちいさく笑った。

「青酸化合物を美穂さんが用意するのは難しいでしょう。あなたが用意したのではないですか。お客さんのなかにはそうした物質を扱う方もいるのではないですか。メッキ関係の方とか、医薬品の研究者とか……。こちらもしっかり捜査する予定です。たぶん、あなたの殺人幇助《ほうじょ》の罪は立証できますよ」

上杉の追及にも玲子の表情は変わらなかった。

「頑張って捜査してくださいね」

涼しい顔で玲子は答えた。

「あなたから詳しいお話を伺いたいと思います。金沢警察署までお連れしたいのですが」

ていねいな口調で上杉は告げた。

「嫌だって言っても引っ張っていくんでしょ」

憮然《ぶぜん》とした表情で玲子は答えた。

「まぁ、そういうことですが」

「さっさと連れて行きなさいよ」

玲子は歯を剝《む》きだして毒づいた。

上杉は佐竹に電話して再度パトカーを頼んだ。

「やったな。こんなに早く解決できてありがたいよ」

朗らかな声で佐竹は言った。

「今回は完全に五条の手柄だ」

お世辞ではなく、上杉の本音だった。

紗里奈の能力は素晴らしいとしか言いようがない。

当の紗里奈はなんだかぼんやりとした顔でソファに座り続けている。

自分の考えを話し続けて、気が抜けてしまったような表情だ。

「親馬鹿もいい加減にしろよ」

佐竹はのどの奥で笑った。

「だから、俺はそんなに年取ってないって言ってるだろ」

上杉は前の電話と同じ苦情を言った。

「すぐに捜査員を送る」

佐竹はまじめな声に戻って電話を切った。

一〇分もしないうちにサイレンの音が響いてきて、捜査第一課の山下が五人の捜査員たちを従えて現れた。

「上杉室長、お疲れさまでした」

山下は几帳面《きちょうめん》な態度で頭を下げた。

「ああ、あとは佐竹にまかせたぞ」

捜査員たちは玲子を取り囲むようにして連行してゆく。

廊下ではマネージャーやホステスたちが不安そのものの表情でささやき合っている。

「わたしひとつだけ悔しいの」

玲子は紗里奈に振り返った。

「なんですか？」

身体をこわばらせて紗里奈は訊《き》いた。

「どうやら、すべての青写真を見抜いたのは、五条さん、あなたでしょ」

目を光らせて玲子は紗里奈を見据えた。

「捜査員みんなの力です」

紗里奈は謙虚に答えた。

「長年、女を磨いてきたわたしが、最初から女を捨ててるようなあなたに敗れたなんて悔しくてならない。じゃあね」

皮肉な笑いを浮かべて玲子は去っていった。

「女を捨ててるって意味わかんない」

紗里奈がぼそっと言った。

「そうだな、意味がわからんな」

たぶん玲子は化粧っ気もない紗里奈を皮肉ったのだろう。

ある意味、彼女は女を武器にする稼業だ。

だが、上杉はとぼけた答えを返した。

「女を磨くってどういうこと？」

まじめな顔で紗里奈は訊いた。

「男の俺にわかるわけないだろう……だがな、女を磨いてきた玲子は、ひとりの男に振り回されて悲惨な犯罪に手を染めた。彼女は女を磨けてなかったんだよ」

これは本音だった。

「腹、減ってないか？」

「うん、シュウマイ食べたい」

無邪気そのものの顔で紗里奈は言った。

「よし、中華街に寄ってから帰ろう」

やさしい声で上杉は答えた。

端《はた》から見たら、本当に父娘に見えるのではないだろうか。

そんなはずはない。

上杉は内心で首を横に振っていた。

パトカーのサイレンがゆっくりと遠ざかっていった。

第四章　試　練

【1】

金曜日の午後七時より一〇分少し前、夏希は舞岡八幡宮の境内にいた。

一の鳥居を潜ってすぐの参道脇に、ちいさなアウトドアクッションを敷いて夏希は座っていた。

二の鳥居の向こうには小高い丘を背にした拝殿が見えている。

丘の上の空が見事に染まっていた。

丘の稜線《りょうせん》に絡みつくようにオレンジとピンクが、その上には淡い紫から濃い紫、群青へのグラデーションが続いている。

その豊かな階調に、夏希のこころにはゆったりとした安らぎがひろがった。

眺めているだけで、一週間の疲れが消し飛んでいく。

まだまだ夏はこれからだというのに、まわりの草むらからは虫の声がうるさいほどに響いている。

こうした虫は夏にはさかんに鳴き、秋の終わりにはすっかり消えているのに、なぜか秋のイメージが強い。

舞岡八幡宮は自宅から五〇〇メートルほどしか離れていなかった。

今日は定刻に霞《かすみ》が関《せき》を出てきて真っ直ぐに帰宅した。

通勤時間は一時間ちょっとなので、家でシャワーを浴びて着替える余裕はあった。

舞岡という土地は本当に自然豊かだ。

背後の森の西側にある舞岡公園には、六月中旬には野生の蛍さえ飛ぶのだ。

戸塚駅の隣という交通至便な場所にありながら、自然環境にすぐれた舞岡を夏希はなかなか離れられないでいた。

この土地から略取されたことも一度ではなく、そのたびに危険だから引っ越せとのアドバイスを受ける。

だが、そう言った特殊な事例はともかく、農村の面影が残るこのあたりは治安もきわめてよい。

本気で夏希をさらおうという犯人なら、ふつうの分譲住宅地でもこの舞岡でもそうは変わらないだろう。

だから、いまのところ舞岡から離れる気はなかった。

夏希がこの舞岡から離れないのにはもうひとつの理由がある。

横浜市営地下鉄ブルーラインの隣の下永谷駅近くには、アリシアが夜や休日を過ごす警察犬訓練センターがある。

警察庁に異動になって、アリシアとふれあう機会が少なくなった夏希にとって、アリシアの隣町に住んでいることは重要だった。

今日も勤務を終えたアリシアを、小川がここへ連れてきてくれる。

この舞岡八幡宮境内の草地で、アリシアと思い切りふれあえる。

参道入口の歩道に新しい街灯が整備されているので、暗くなっても大丈夫だ。

ハーネスを付けていないオフのアリシアは人なつこくて無邪気そのものだ。一緒に遊んでいると憤死しそうなほどにかわいい。

おまけに今日は上杉にも会える。

上杉とは何度も何度も一緒に事件に立ち向かった間柄だ。

夏希は上杉を尊敬し、信頼もしている。

肉体も精神も強靭《きょうじん》で優秀なのに思いやり深い上杉は、夏希にとっては最高の先輩だった。

さらに織田と上杉の憧《あこが》れのマドンナだった五条香里奈の妹にも会えるのだ。

いったいどんな女性なのか、これからの時間がとても楽しみだ。

よい金曜の夜になりそうな予感に夏希のこころは浮き立っていた。

そろそろ時間かと思って、夏希は身体の方向を拝殿とは反対の東側に向けた。

一五メートルほど先のちいさな流れを石橋で渡ると、左右に細い道路が走っている。

クルマがやっとすれ違えるくらいの幅員で、ふだんから交通量のほとんどない道だ。

まして陽が落ちた後は人通りも少ない。

道路の向こう側は石垣の上にガラス温室がずっと続いている。

鼻がムズムズして、夏希はポケットティッシュを取り出して洟《はな》をかんだ。

夏風邪なのか、ブタクサの花粉なのか今日はちょっと鼻の調子がよくない。

しばし後、左手の都市計画道路下永谷大船《おおふな》線の方向から低いエンジン音が近づいてきた。

「来たっ」

夏希は立ち上がり、アウトドアクッションを畳んでデイパックに入れた。
小走りに歩道まで進むと、見慣れたグレーメタリックの鑑識課のライトバンだ。
小川とアリシアがやってきたのだ。
「こんにちは〜」
夏希はちょっと背伸びをして大きく手を振った。
エンジン音はもうひとつ聞こえていた。
白いボディの中型キャンピングカーがライトバンの後ろを走っている。
キャブコンと呼ばれるトラックをベースにしたタイプだ。
キャンピングカーは小川のバンを通り越していった。
小川は参道正面から数メートルの位置で歩道に乗り上げるようにバンを停めた。
ライトブルーの現場鑑識活動服を着た小川が運転席からさっと降りてきた。
「真田、元気だったか？」
小川は素っ気ない調子であいさつした。
いつものことだ。小川は上機嫌でもこんなあいさつしかできない。
「真田さんと呼びなさい」
夏希のこの言葉もいつものことだ。

小川は口の中でごにょごにょと不明瞭《ふめいりよう》に答えた。

これまたいつものことだ。

「ね、ね、ね。早くアリシアと遊ぼうよ」

ガマンできずに夏希は言った。

「まったく……子どもかよ」

あきれ声で小川はクルマの左側に回り足早にリアゲートへと向かった。

右側は人が通れるだけの余裕がないのだ。

夏希も小川を追いかけようとバンのボンネット側に出た。

ふと気づくと、さっきのキャンピングカーがこちらに戻ってきていた。

キャンピングカーは小川のバンと向かい合わせの方向で、数メートル離れて停まっている。

四人の男が立っていた。

嫌な予感が走った。

男たちはみな黒っぽいTシャツにジャージのパンツ姿だった。

年齢はまちまちだが、二〇代から四〇代くらいか。

ふたりの男は手に手に木刀を持っている。

夏希の全身はこわばった。

男たちはいっせいに夏希にぐんぐん歩み寄ってきた。

「一緒に来てもらう」

そのうちの一人が夏希に脅しつけるような低い声で言った。

丸顔に凶悪な目つきをしたスキンヘッドの男だった。

この男は三〇代後半に見える。

「なに言ってるの？」

夏希は男たちをにらみつけた。

恐怖感を押し殺して夏希は強気の態度をとった。

男たちの目的が自分の略取にあると思われるからには、なんとかこの場から逃げ出さなければならない。

捕まったら、どんな仕打ちに遭うかわからない。

怖がっている場合ではないのだ。

四人のうちのふたりが、左右から夏希の二の腕をつかんだ。

ひとりはスキンヘッド、もうひとりは金色に染めた短髪の男だった。

ふたりとも中肉中背だが、夏希を摑《つか》む力は非常に強い。

「痛いじゃないの。やめなさいよっ」

夏希は身を揺すって叫んだ。

「おいっ、おまえらなにするんだ」

小川がすっ飛んできて、夏希を連れ去ろうとする男たちに迫った。

だが、木刀を手にした残りのふたりが小川の前に立ちはだかった。

ふたりとも小川よりはずっと背が高い屈強な男たちだ。

男たちはさっと左右に散開して、小川の脇腹を木刀で叩《たた》いた。

肉を打つ派手な音が響いた。

「ぐえっ」

うめき声を上げて小川はしゃがみ込んだ。

「小川さんっ」

夏希は悲痛な叫びを上げた。

脇腹の打撲は肋骨《ろっこつ》に骨折やヒビを生じやすい。

スキンヘッドと金髪は夏希を後部ドアの方向に引きずってゆく。

「やめなさいっ」

抵抗して夏希が身を左右に動かそうとしても男たちの力が強くまったく抜け出すこ

とができない。

室内に上半身を入れられたところで夏希の両腕がパッと離された。

誰かが無言で夏希の背中をどんと突いた。

「うわっ」

夏希は車内に転がりこんだ。

とうとう夏希はキャンピングカーの車内に押し込められた。

室内はかなり広いように感じられた。

灯《あか》りは落としてあるが、白いファブリックシートが真新しい。

後から夏希を引きずってきた男たちが車内に入った。

出口はふさがれているので逃げることはできない。

木刀を持った男たちが立て続けに入ってきた。

「待てっ」

小川がドアから飛び込んできた。

「おまえにゃ用はねぇんだよ」

木刀男のひとりが小川を押し出そうとする。

「俺はおまえらに用があるんだよ。彼女を返せっ」

小川はドア横の縦型の手すりにつかまって身体の位置を保持しようとした。

「おいっ、ランニングしてるオッサンが来るぞ、そいつも乗せちまえ」

運転席から別の男の声が響いた。

後部座席から木刀男のひとりがドアを閉めてロックした。

「閉めたぜ」

そのとたん、クルマはゆっくりと走り始めた。

「おい、そこのシートに座れっ」

夏希を引きずった金髪男がブレードの長いナイフをギラつかせて命じた。

幼い顔つきだが凶悪な目つきは知性に欠けた感じだ。

仕方なく夏希たちはシートに腰掛けた。

「あのさ、二人のお客さまに手錠掛けといてね」

助手席から少し高めのトーンの声が響いた。

やわらかい声音だが、薄気味の悪い響きを持っている。

夏希は直感的にこの手の声の持ち主は危険人物だという気がしていた。

別の男がどこからか手錠を出して来て夏希と小川の両手首に掛けた。

「わたしたちをどうするつもりなのっ」

声を張り上げて夏希は叫んだ。

「どうしようかね……」

助手席の男が笑い混じりに言葉を継いだ。

「せっかく、かもめ★百合《ゆり》ちゃんをお迎えしたんだ。一ファンとしてゆっくり楽しませてもらうよ」

ふふふと男は笑った。

夏希は背中に冷水を浴びせられたような気がした。

この男たちは夏希を夏希と知って略取したのだ。

かもめ★百合はファンを称する、この手の男たちに二度も生命《いのち》の瀬戸際に追いやられている。

「ふざけたこと言うなっ」

小川は怒りの声を発した。

「おまえらのやってることは重大な犯罪だ。最高刑は一〇年以下の懲役、身代金目的なら無期懲役だぞ。警官なめんじゃねぇ」

つばを飛ばして小川は怒鳴った。

「威勢がいいね。ちょっとお仕置きが必要なようだ。おい、綿引《わたびき》」

助手席の男の声に、正面に座っているあのスキンヘッドの男が、小川の右の手の甲に釘《くぎ》のようなものを当てた。

「や、やめろっ」

綿引と呼ばれた男は無言で木槌《きづち》を振り下ろした。

「ぎえっ」

小川は苦痛にうめいた。

手の甲に、五センチくらいの鉄釘が突き刺さって血が流れ出している。

綿引は顔色も変えずに小川の手の甲から釘を引き抜いた。

「うげっ」

小川はふたたび悲鳴を上げた。

「なにするのよっ」

夏希は激しい声で叫んだ。

「その男の余計なおしゃべりは聞きたくないんだよ」

助手席の男は不愉快そうな声を出した。

「鬼畜っ」

夏希は歯を剝《む》き出して叫んだ。

「かもめ★百合ちゃんもおとなしくしたほうがいいよ。ふたりとも態度が悪いと、明日《あした》の朝を迎えられないよ」

平板な調子で助手席の男は言った。

「小川さん、大丈夫？」

夏希の目にうっすらと涙がにじんだ。

「ああ、神経や筋はやられなかったみたいだ……」

顔を歪《ゆが》めて痛みに耐えながらも、小川は冷静に状況を観察している。

「処置してあげたい」

せめて消毒だけでもしたい。

破傷風の危険性だってあるのだ。

「そうだった。かもめ★百合ちゃんはお医者さんだったね。でも、治療したら、その男にもっとひどい仕打ちを与えるよ」

助手席の男はせせら笑うように言った。

「手錠されてるのに処置なんてできるわけないでしょ」

夏希は向かっ腹を立てて叫んだ。

医師でありながら、小川の傷の手当てもできない自分が悲しかった。

「平気だよ」

気丈な態度をとっている小川の姿に夏希は胸が苦しくなった。

「そうだ、ふたりのスマホを取り上げて」

助手席の男は誰に言うともなく命令した。

ディパックごと舞岡八幡宮に置いてきたことに夏希は気づいた。

「わたしのスマホは荷物と一緒に神社に置いてきたよ」

夏希は助手席の男に向かって言った。

「おまえのスマホはどこだ？」

綿引が小川に歩み寄って聞いた。

「俺のスマホはクルマのなかに置いてある」

小川はそっぽを向いて答えた。

「ウソをついたら殺すぞ」

脅しつけるように男は言った。

「ウソついたって意味ないだろ」

吐き捨てるように小川は言った。

綿引は鼻をふんと鳴らして自席に戻った。

車窓はすでにすっかり暮れ落ちている。

キャンピングカーは、舞岡駅前から上郷《かみごう》方向に向かう広い道を進んでいた。

「いったいどこへ行くの？」

行き先が気になって夏希は訊《き》いた。

「すごく素敵なところだよ。楽しみにしているといい」

助手席の男はまたも気味の悪い声で笑った。

窓の外は港南台駅近くの交差点だ。

クルマは直角に曲がって、東の方向に鼻先を向けた。

この先には横浜横須賀《よこすか》道路の日野《ひの》インターチェンジがある。

もし、ある程度、離れた場所へ行くのであれば、自動車専用道路や高速道路を使うはずだ。

しばらくすると、日野インターの表示が見えてきた。

夏希の予想は当たった。

「カーテンを閉めてくれ」

後部座席の男たちは手分けしてすべてのカーテンを閉めた。

「安全運転で頼むよ。絶対におまわりさんに捕まらないようにね。そんなことになったら、楽しい計画が台無しだ」

助手席の男の言葉に運転席の男が応《こた》えた。

「大丈夫ですよ、坊ちゃん。大手で長年、長距離便の運転やってたんですから。警察に目を付けられるような運転はしませんって」

運転席の男は低く笑った。

坊ちゃんと呼ばれている助手席の男は何者なんだろう。

「あなたのことは坊ちゃんって呼べばいいの？」

この連中のボスらしい男の呼び方だけでも知りたかった。

「かもめ★百合ちゃんからは、そんな風に呼ばれたくないな。そうだね、僕のことはロワと呼んでくれればいい」

助手席の男は含み笑いを浮かべながら名乗った。

「ロワね。わかった」

夏希は短く答えた。

ロワとは何語でどのような意味だろう。夏希は知らない言葉だった。

「ねぇ、ひとつ訊いていい？」

夏希はロワに背中から声を掛けた。

「なんでしょう」

愛想のよい声でロワは答えた。

「どうして、わたしがいる場所がわかったの？」

不思議でならないことだった。

「あのドーベルマンだよ」

ロワは予想もしない答えを返してきた。

「アリシアがどうかしたの」

夏希は身を乗り出した。

「かもめ★百合あるところにアリシアありと知っていたからね。アリシアが一日の仕事を終えて訓練所に帰るところを何日か見張らせたんだよ。そしたら、戸塚の訓練所に帰るルートがわかった。いつかはかもめ★百合がアリシアに会いに行くか、アリシアがかもめ★百合に会いに行くだろうと考えたんだ。それで、県警本部から訓練所に向かう途中の月極《つきぎめ》駐車場を借りてね、ここ一週間ほどキャンプ生活をしてた。そしたら、今日は大当たり。アリシアがあの神社で待っている君に会いにいってくれたってわけさ」

嬉《うれ》しそうにロワは笑った。

「あなた、ほんとにヒマなのね」

夏希はあきれかえった。

「仕事する必要ないからね……」

涼しい顔でロワは答えた。

それにしても、配下の男たちを五人も引き連れているとは驚くほかない。

こんなストーカーは滅多にいないのではないか。

夏希を略取するために、この男はいったいいくらの経費を使ったのだろう。

「わたしがプライベートでアリシアと会うのなんて二ヶ月ぶりくらいなんだから」

だから、今日が楽しみだったのだ。

「かもめ★百合ちゃんと会えるまでは何ヶ月だってキャンプしてたさ」

得意げにロワは言った。

「ヘンな人」

夏希はあきれるしかなかった。

「徹底的にかもめ★百合推しだからね。君に関する報道の記事なんかはもちろんぜんぶ持ってる。でも、君の家は見つけ出せなかったんだ。アリシアには感謝だよ」

アリシアがさらわれなかったことだけはよかったと夏希は思っていた。

キャンピングカーがインターの導入路を通っているような気配を感じ、すぐに本線に合流したように思えた。

カーテンが閉まっているので、横浜の中心方向に向かっているのか、三浦《みうら》半島方面に向かっているのかはわからない。

この連中はロワをはじめ、とても残酷な人間たちだ。

アリシアがいたら、どんな残酷な仕打ちを受けたかわからない。

とくにロワには反社会性パーソナリティ障害の傾向を感じる。

他者に対して不誠実で、他者をコントロールしようという欲求が強い。

平気で嘘をつく特徴もあるが、これから出てきそうだ。

他者に対する共感性の欠如が、もっとも大きな要因であるとする説が主流だ。

キャンピングカーはずっと横浜横須賀道路を走っている。

もう二〇分くらい、車内では声を発する者はいなかった。

緊張は続いているが、不愉快なロワの声を聞かずにすむのは精神的にはまだラクだった。

小川も黙っていて、あれ以来、暴力も振るわれていない。

横浜の中心部から東京方向に向かっているのなら、ジャンクションなどを通るはずだ。

ずっと直進しているのは、三浦半島方向へ向かっているためではないだろうか。

そんなことを思っているうちに、車体が大きなカーブを通っているように感じた。

それからしばらく走ると、クルマは信号で止まった。

どうやら一般道に下りたようだ。

ベンチレーターからかすかに吹き込む外気には潮の香りが混じっている。

やはり三浦半島に来ているらしい。

だが、カーテンが閉まったままなので、半島内のどこにいるのかはまったくわからない。

舞岡から小一時間くらい走ったあたりで、クルマはかなりスピードを落とした。

そろそろ到着のような気がしてきた。

このまま敵のアジトに連れ込まれたら救出される可能性は低くなる。

夏希は万が一の可能性に賭《か》けることにした。

「窓開けてもらえませんか」

「どうした？」

向かいの席の綿引が眉《まゆ》をひそめた。

「クルマ酔いしてきたの」

情けない声を作って夏希は言った。

「少し窓を開けてやれ」

ロワの許しが出て、綿引はカーテンと窓を開けた。

クルマはエンジンをうならせてかなり急な坂を上り始めた。

きっと坂の上にアジトがあるに違いない。

「ちょっと洟《はな》かみますね」

夏希は手錠を掛けられた両手で、パンツのポケットに入っていたポケットティッシュを取り出した。

不自由な両手でティッシュを顔に持っていって洟をかんだ。

使用済みのティッシュを丸めて窓から外に捨てた。

一分後くらいにも、夏希は同じ動作を繰り返した。

「洟かんでばかりだな」

金髪男があきれたように言った。

「ブタクサの花粉症みたい」

夏希は適当な答えを返した。

クルマは大きな建物に近づいた。

自動的にシャッターが開いて吸い込まれるように建物のなかに入っていった。

すぐにクルマは停まった。

男たちが次々にクルマを降りてゆく。

「おい、おまえらも降りるんだ」

綿引が怒鳴り声で言った。

夏希と小川は手錠を掛けられたまま、クルマを降りた。

高級マンションの地下駐車場に似た空間だった。

だが、なんとなく個人宅であるように思われた。

こんな立派な駐車場だとすれば、どう考えても豪邸だ。

蛍光灯の列が並び、コンクリートに引かれた白線の枠内には、キャンピングカーを含めて六台の自動車が駐《と》まっていた。

夏希はクルマの車種はよく知らないが、メルセデスのマークがグリルに光るごっつい四輪駆動車、白いポルシェなど高級車ばかりだった。

二メートルほど先にひとりの男が、何人かを従えて立っていた。

「かもめ★百合ちゃん、僕の王国へようこそ」

口もとに笑みを浮かべた男の声は……。
「あなたがロワなの……」
声のイメージとそう遠くないロワを夏希はしっかりと眺めた。
ロワは二〇代後半だろうか。
シルバーのラウンドフレームのメガネを掛けた小柄で痩《や》せた男だった。
目鼻立ちは整っているが、一重の瞳《ひとみ》と薄い唇にどこか酷薄な印象を感じる。
表情に知性は感じられる。バカな男ではなさそうだ。
黄色い花柄のハワイアンシャツに、ブリーチデニムのショートパンツを穿《は》いている。
カジュアルだが、それなりにオシャレだ。
ほかの黒Tシャツの四人は、いずれも肉体派という雰囲気だった。
運転手は苦労が顔に出ている感じの五〇男だった。
いずれにしても、いちばん警戒すべきはボスのロワに違いない。
「さぁ、本館に行きましょう」
ロワが先に立って歩き始めた。
「早く来い」
綿引が声を張り上げた。

しばらく進むと屋根付きの渡り廊下が現れた。

渡り廊下を夏希たちは進み始めた。

夏希はここでも洟をかむフリをしてティッシュを捨てた。

渡り廊下が終わって夏希たちは本館と思《おぼ》しき建物に入った。

目の前に銀色のエレベーターの扉が光っていた。

夏希と小川、ロワと綿引はエレベーターで三階に上がった。

駐車場は地下一階で、建物は地上四階建てのようだった。


【2】


扉が開くと、コンクリートの白い壁が続いていて、床にはライトグレーの無地カーペットが敷き詰められている。

白い壁にはぱっと見たところ一〇個以上の木製のドアが並んでいる。ハックベリー材かオーク材かなにかの明るい色の木を使ったきれいなドアだった。

三メートル以上の高さを持つ天井には、間接照明とともにトップライトがあちこちに開いている。

現代的なシンプルな美しさを持つ廊下だった。

ところどころにアレカヤシやフェニックスのかなり大きな鉢が置かれている。

まるでリゾートホテルのようだった。

「ねぇ、あなたのおうちなの？」

夏希は念を押すように訊《き》いた。

「あたりまえだろ。すべて僕のものだ」

淡々とロワは答えた。

ロワは富裕層のようだ。

そんなロワが何の目的で夏希を略取したのだろうか。

まったく理解できなかった。

「さぁ、こっちだ」

ロワは廊下を右手の方向に歩き始めた。

仕方なく、夏希と小川も後に続いた。

いちばん後ろから綿引が従《つ》いて来る。

「さぁ、かもめ★百合ちゃんのお部屋はここだよ」

廊下のまん中よりやや奥の部屋の前でロワは立ち止まってドアを開けた。

ロワに続いて部屋に入ると、廊下と同じような白い壁の向こうには部屋の幅いっぱいに透明なガラス窓がずらりと並んでいる。

自分がいる場所は海を見下ろす高台だった。

風が強いのか、黒々とした海面に白波が立っている。

だが、東京湾ではこんなに灯《あか》りの少ないところはないだろう。

目の前には輝く星空がひろがっていた。

藤沢《ふじさわ》や鎌倉《かまくら》でもなさそうだ。江ノ島《えのしま》の灯台が見えない。

おそらくは三浦市か横須賀市の相模《さがみ》湾側だ。

真下や左手の海沿いにはホテルらしき灯りが見えている。

「景色いいのね」

夏希は驚きの声を上げた。

「今夜は月もないからつまらないが、その代わりに星はよく見えるね。朝になればこの素晴らしさがよくわかるはずだ。この窓いっぱいに海がひろがるからね」

自慢げにロワは言った。

「へぇ、そうなの」

夏希の気のない返事にロワは舌打ちした。

ロワが莫大《ばくだい》な財産を持っていることは間違いなさそうだ。

部屋にはシンプルなライトグレーのベッドカバーが掛かったツインのベッド、白いレザー張りのソファセットも置いてあった。

「あとで弁当を持ってこさせるから、しっかり食べてくれ。かもめ★百合ちゃんには食後にちょっと働いてもらわなきゃならないからね」

「なにをしろというの？」

不安になって夏希は訊いた。

「心配しなくていい。そんなにつらいことじゃないよ。いや、むしろ楽しいことかもしれないよ。ふっふっふ」

気味の悪い声でロワは笑った。

夏希の背中にぞぞっと悪寒が走った。

ロワは自分にいったいなにをさせるつもりなのだろう。

「お弁当頂けるのはありがたいけど、手錠を外して。これじゃご飯食べられないでしょ」

気を取り直して、夏希はさっきからずっと要求したかったことを口にした。

「おい、お姫さまを解放して差し上げろ」

ロワは綿引に命じた。

「わかりました」

綿引は鍵《かぎ》を取り出して、夏希の手錠を外しポケットにしまった。

久しぶりに自由になった両手を上に上げて夏希はのびをした。

「残念だが、自由なのはこの部屋のなかだけだ。外から施錠するから、廊下には出られない。安心してほしい。この部屋はもともとゲストルームだったのでバスもトイレも備わっている。冷蔵庫のなかにはビールやコーラも冷えている。まぁ快適なリゾートライフをすごしてくれ」

上機嫌な声でロワは言った。

「俺もこの部屋にいるのか」

不満そうに小川は訊いた。

「ふたりでこの部屋で仲よくしたいのか」

ロワは意地悪な声を出した。

「そんなわけないだろう」

小川はムッとした顔を見せた。

夏希だってそんなわけないが、そこまで嫌そうな顔をしなくてもいいのにとは思う。

「君にそんなチャンスを与えるわけがないだろ」

「チャンスだって？」

小川の声が裏返った。

「とにかく、君を招待する予定はなかった。別の部屋に入ってもらおう」

ロワは冷たい声で言った。

「さぁ、行くぞ」

綿引は小川の背中をどついた。

「痛《いて》えな」

小川は顔をしかめてドアに向かって歩き始めた。

「ちょっと待って、彼の手錠を外してあげて」

夏希の言葉に小川たちは立ち止まった。

「手錠したままじゃ水も飲めないでしょ」

笑みを浮かべて夏希はロワに頼んだ。

「お姫さまの御意にお応《こた》えしろ」

ロワは綿引に命じた。

「は？」

綿引は目をぱちくりさせた。

「手錠を外してやれって言ってるんだ」

ロワはちょっと声を荒らげた。

綿引は小川の手錠を外した。

「ああ、せいせいするぜ」

小川も夏希と同じようにのびをした。

「さ、行くぞ」

綿引が声を掛けると、小川は廊下へと向かった。

「傷をよく洗ってね」

背中から声を掛けると、小川は無言でうなずいた。

「では、僕も失礼するよ」

ロワは出ていくときに廊下からしっかり施錠した。

一〇分くらいして、金髪男が仕出しらしい松花堂弁当とペットボトルのお茶を持って来た。

夏希はしっかりと食べた。

この先、脱出に向けての行動を試みたい。腹が減っていてはまずい。

お茶を飲んでいると、入口の扉が開いて綿引が顔を出した。

「一緒に来るんだ」

綿引はエレベーターとは反対の方向に進んでゆき、廊下の端に近いドアを開けた。

「入れ」

夏希は仕方なくその部屋に入った。

白い壁に囲まれた広い部屋であることには変わりがない。

だが、夏希のいたホテルのツインルームのような作りではなかった。

正面の奥にはちいさな窓があって、ホヌ（海亀）模様のシアン色のカーテンが下がっていた。

窓の手前には白いレザー張りの洒落《しゃれ》た肘《ひじ》なし椅子がふたつ設《しつら》えられている。

この椅子が部屋の中心と思われた。

椅子の前にはブームスタンドから風防付きのマイクが下がっている。

三脚つきの四角いＬＥＤ照明が左右から椅子を照らしていた。

横にはストレリチアの大きな鉢が置かれていた。

椅子の反対側、つまり入口側には高級一眼レフカメラががっちりとした三脚に固定されている。

カメラの横には、たくさんのスイッチやフィーダーの並んだ機器が置いてあった。

あきらかに撮影スタジオだ。

「こんなところでなにをさせようって言うの？」

夏希はとまどいの声を上げた。

「《かもめ★百合チャンネル》のスタートだよ」

背後からの声に振り返ると、ロワが口もとに笑みを浮かべて立っていた。

「なにを言ってるの……」

乾いた声で夏希は言った。

「かもめ★百合ちゃんは、ＹｏｕＴｕｂｅｒデビューするんだよ。今夜ね」

ロワは歌うような口調で言った。

ＹｏｕＴｕｂｅで世界中に自分の姿をさらせというのか。

そんな恥さらしなことができるわけはないし、今後の仕事にも差し障る。

警察を辞めろと言われているのに等しい。

「冗談じゃない。なんでわたしがそんなことしなくちゃならないのよ」

夏希は口を尖《とが》らせて抗《あらが》った。

「しなくちゃならないわけを教えてあげよう」

ロワは撮影機器の左横へあごをしゃくった。

天井からは白いカーテンが吊《つ》ってあって、かたわらに綿引が立っている。

「お見せしろ」

無言で綿引はカーテンを開いた。

そこには上衣《うわぎ》を剝《は》ぎ取られた小川が木製の椅子に座らされていた。

「小川さんっ」

夏希は大声で叫んだ。

「おっと、彼に近づくな」

小川に駆け寄ろうとした夏希をロワは掌《てのひら》で制止した。

ふたたび手錠で縛《いまし》められた小川は、身体を縄で椅子に縛りつけられている。

小川の脇腹には略取されたときに殴られた大きな打撲痕《こん》が残っていた。

さらに二の腕や胸には紫色やえび茶色のアザがいくつか生じている。

一瞬、夏希は顔を背けてしまった。

あれから小川はさらに殴られ続けたのだ。

夏希の胸に激しい怒りが黒い炎となって燃え上がった。

「真田、無事か……」

「だ、大丈夫なの？」

夏希の声は大きく震えた。

「生きてるよ」

小川はかすれた声で答えた。

「痛むよね？」

「平気だ。だが、こいつら、やっぱりマトモじゃない……」

力のない声で小川は言った。

「こんな卑劣な手段で、人をコントロールしてなにが楽しいの？」

嚙《か》みつくように夏希は叫んだ。

「ずいぶん強気だね……」

皮肉っぽい口調のロワの言葉に、綿引が竹刀を構えた。

「ヒット・イット！」

ロワが短く命令した。

綿引が竹刀を小川の肩に振り下ろした。

「うえっ」

苦痛にうめく小川の声が響いた。

「やめてっ！」

夏希は激しい声で制止した。

「あえて竹刀を使っているんだ。死にはしない。木刀だとさっさと死んじゃうから。それじゃあ楽しめないからね。くっくっくっ」

ロワは嫌な笑い声を立てた。

「ひどい……」

声にならない声で夏希は言った。

「いつ、木刀に切り替えてもいいんだよ」

ロワの言葉に従って、綿引が床から木刀を取り上げて夏希に見せつけた。

「そんなことしないでください」

力なく夏希は言った。

「もっとひどい目に遭わせることだって簡単さ。たとえば、熱湯をヤカンに入れて持って来て、彼にプレゼントすることだってすぐにできる」

ニヤニヤ笑いながらロワは恐ろしいことを口にした。

「やめてっ」

夏希は頬に両手を当てて叫んだ。

「自分の立場がわかったかな？」

底意地の悪い目つきでロワは訊《き》いた。

「わかった」

そう答えるしかなかった。

「僕の命令に従うかな？」

「従うから、小川さんを叩《たた》かないで」

必死の声で夏希は頼んだ。

「じゃあ宣誓しろ」

「宣誓？」

いったいなにを誓えというのか……。

「ああ、僕の命令に従うって誓うんだ。わたし、かもめ★百合はロワさまの命令を忠実に守ることを誓います、ってね」

逆らえば、小川が叩かれるだけだ。

打撲痕をふたたび叩かれる苦痛がどんなものかは理解している。

小川をこれ以上苦しませたくはない。

「わたし、かもめ★百合はロワさまの命令を忠実に守ることを誓います」

唇がヤケドしそうだった。

「あの椅子に座って」

ロワは窓辺のレザー椅子を指さした。

夏希はよろよろと椅子に腰掛けた。

「よぉし《かもめ★百合チャンネル》の収録開始だ」

はしゃぎ声でロワは夏希の席に歩み寄ってきた。

「まずはこのスクリプトを読んでもらおうかな」

ロワはA4判の一枚のプリントを手渡した。

「なに……これ……」

連なる文字をさっと見て、夏希は絶句した。


【3】


夕闇が舞岡に迫っていた。

上杉は紗里奈とともに待ち合わせ場所の舞岡八幡宮を目指していた。

スマホのマップによれば、もうあと五〇メートルほどのはずだった。

「しかし田舎だなぁ」

まわりの景色を見まわして上杉は言った。

右手に続く田んぼからは、まだ青い稲の甘い匂いがムッと香ってくる。

道路脇の草むらからは、虫の鳴き声がうるさいくらいに響いている。

以前、夏希をクルマで家まで送ったことがあったが、こうして歩いてみると舞岡が森に囲まれた自然豊かな地であることが肌身で感じられる。

「いいところですね」

紗里奈の声はいつになく明るい。

アリシアや夏希との出会いを楽しみにしているのだろう。

上杉も嬉《うれ》しかった。

「もうそろそろだな……あれ？」

前方に歩道に乗り上げて駐《と》まっているグレーメタリックのライトバンが見えた。

街灯のおかげで意外と明るい。

「鑑識課のバンに似ています」

紗里奈も目を凝らしている。

「小川のクルマだよ。アリシアも来てるぞ」

「アリシアちゃん」

弾むような声で紗里奈は駆け出していった。

揺れる二つ結びの後ろ髪が小さくなってゆく。

「おい、待てよっ」

上杉は紗里奈のあとを追った。

バンは舞岡八幡宮の一の鳥居のすぐ近くに停まっていた。

たしかに小川の鑑識バンだった。

「わぁ、かぁわいい。アリシアちゃん」

紗里奈が歓声を上げた。

リアゲートは中途半端に開かれ、ケージのなかでアリシアがうずくまっている。

尻尾《しっぽ》も力なく丸まっていた。

顔を上げてアリシアは上杉をじっと見た。

「うわんっ」

アリシアは上杉に向かってひと声吠《ほ》えた。

その声はなにかを訴えているように上杉は感じた。

「おかしいぞ」

嫌な予感が上杉のこころに走った。

「なにがですか」

紗里奈は首を傾げた。

「小川はアリシアを恋人と思ってるんだ」

「うふふ」

楽しそうに紗里奈は笑った。

「それなのに、ケージに入れっぱなしにしているなんて絶対におかしい」

上杉は憂慮を言葉にした。

「え……」

紗里奈の顔に影が差した。

なにか尋常でない事態が起きたのではないか。

「アリシア、ちょっと待ってろな」

上杉は舞岡八幡宮の一の鳥居を目指して走った。

紗里奈も後から従《つ》いて来た。

「おーい小川ーっ、どこにいるんだぁ」

声をきわめて上杉は叫んだ。

だが、返事はなかった。

虫すだく声ばかりが聞こえてくる。

「真田はいるかーっ」

今度は夏希の名を呼んでみた。

やはり返事はない。

小川と夏希の名を繰り返し呼んだが、拝殿背後の丘の木々がザワザワと風に鳴るばかりだった。

「そうだ、電話してみよう」

上杉は小川の番号をタップした。

アニソンのようなコール音が遠くから響いてきた。

「さっきのバンですよ」

耳を澄ませていた紗里奈が言った。

上杉と紗里奈はバンへと走った。

たしかにバンのセンターコンソールでスマホが光って鳴動している。

助手席のドアはロックされていなかった。

上杉は半身を乗り入れてスマホを取り出した。

液晶画面に自分の名前が表示されているのを確認して、上杉は電話を切った。

バンの中を探すと、小川の財布や運転免許証、名刺入れも見つかった。

ステアリングコラムに差さったままのキーを抜いて上杉はポケットにしまった。

「あきらかに異常事態だ」

厳しい声で上杉は言った。

「なにが起こったの？」

紗里奈は心配そうに訊《き》いた。

「まだ、断定はできないが、小川たちは自分の意志ではなく、この場所を離れたおそれがある」

上杉は慎重に言葉を選んだ。

「誘拐か略取されたってこと？」

こわばった声で紗里奈が訊いた。

誘拐とは欺罔《ぎもう》・誘惑を手段として、略取とは暴行・脅迫を手段として人をさらうことを言う。

「そうは思いたくないが……真田の電話にも掛けてみる」

上杉は夏希の電話番号を選んでタップした。

なんの音も聞こえてこない。

「着信音は切ってるかもしれない」

紗里奈の言うことが道理だった。

むしろ、コール音をオンにしている小川が珍しいのだ。

「だが、振動もしないぞ」

「神社の境内でも聞いてみようよ」

そもそも待ち合わせの約束は境内なのだ。

「そうだな」

上杉は夏希の番号にかけ続けながら境内へと向かった。

紗里奈は上杉より早く駆け出していった。

「ね、振動してる」

一の鳥居を潜ったあたりで、紗里奈は耳を澄ませている。

「本当だ」

上杉の耳にも振動音が聞こえてきた。

「このディパックのなかだよ」

紗里奈が指さす草地に黒い華奢《きゃしゃ》なディパックが置いてあった。

たしかにそこから振動音が響いている。

上杉はかがみ込んでデイパックの銀色のジッパーを開けた。

振動音が大きくなった。

上杉は光っているｉＰｈｏｎｅを取り出し、自分の名前を確認した。

電話を切ってからデイパックの中身を確認すると、財布や薄手のカーディガン、化粧ポーチなどが出てきた。

「やはり異常事態だ。真田と小川がアリシアを置き去りにし、財布を残して消え去ったんだ。略取・誘拐の可能性がきわめて高い」

のどから苦しい声が出てしまった。

「なんとかしなきゃ」

目を吊《つ》り上げて紗里奈は言った。

「とりあえず本部に連絡してみる」

上杉は佐竹に電話を入れた。

「おう、上杉か。世話になったな。安井玲子の送検、無事に済んだぞ」

耳もとで朗らかな声が響いた。

「その話はまた、ゆっくり聞く。ちょっと緊急事態みたいなんだ」

「どうした？」

佐竹の声が厳しいものに変わった。

「今夜七時に真田夏希の家の近くの舞岡八幡宮ってところで真田と小川、アリシアと待ち合わせていたんだ」

「また、なにか事件が起きての集合か？」

「そうじゃない。金曜日だし、暑気払いに一杯やろうって話だった。ところが待ち合わせ場所に行ってみると、アリシアがケージに入ったままの鑑識課のバンが放置されていて二人がいないんだ。クルマのキーも差しっぱなしだった。そればかりじゃない。小川はクルマのなかに財布や運転免許証、スマホなんかを残している。真田のディパックが神社の境内に残っていて、こちらにも財布やスマホが残っていた」

「おい、それって略取・誘拐の現場みたいじゃないか」

佐竹は息を呑《の》んだ。

「そうなんだ。現場を見ると、ふたりが何者かに連れ去られたとしか思えないんだ」

「大変なことが起きたな」

低い佐竹のうなり声が響いた。

「まだ、断定できない」

歯がゆい思いで上杉は言った。

「真田は過去にも二回かそこら略取の被害に遭ってるからな」

「何十人もの捜査員を投入して、間違いでしたでは済まないからな」

「そうだな、現時点では指揮本部は立てられないな。犯人からの要求メッセージが入ればおおっぴらに動けるんだが……」

「本部でも意識していてほしいんだ。あくまでも可能性の問題だが」

「上杉の言うとおりだ。とりあえず現場に所轄の戸塚署から鑑識に出てもらおう」

「頼む。それで俺たちは、まずこの近辺をアリシアと一緒に捜索してみようと思う」

「小川なしで大丈夫か？」

佐竹は不安そうな声で訊いた。

「わからん。だが、アリシアは賢い。小川や真田の危機には一緒に立ち向かってくれるんじゃないかと思ってる」

上杉に自信があるはずはなかった。警察犬を扱うのはプロの仕事だ。これは単なる願望に過ぎなかった。

「わかった。なにか必要な措置が出てきたら、すぐに俺に電話してくれ。本部で待機している」

頼もしく佐竹は請け合った。

「よろしく頼む。それから、鑑識課のバンは俺が乗って帰るから」

「了解した。そのまま放置しておくわけにもいくまい。上杉にまかせたぞ」

「ああ、じゃあなにか出てきたら、お互いに連絡を取り合おう」

上杉は電話を切った。

「捜査第一課管理官の佐竹がバックアップしてくれる。俺たちはアリシアとこの付近の捜索だ」

「アリシアちゃんと」

紗里奈の瞳《ひとみ》がパッと輝いた。

「だが、俺は警察犬を扱ったことは一度もない」

上杉は頭を掻《か》いた。

「とにかくアリシアのところに行こう」

先に立って上杉は歩き始めた。

鑑識バンのラゲッジルームを覗《のぞ》きこむと、白いハーネスが積んであった。

「ケージから出して、あのハーネスを付けなきゃならないんだな」

リアゲートを上までゆっくり跳ね上げながら上杉は言った。

「ねぇ、テル兄、わたしにお話しさせて」

紗里奈は顔の前で両手を合わせた。

「ああ……頼む……」

ケージのギリギリまで紗里奈は顔を突っ込んだ。

「こんにちは、アリシアちゃん。わたし紗里奈。小川さんと真田さんのお友だちです」

やさしい声で紗里奈は呼びかけた。

アリシアはじっと紗里奈の顔を見ている。

「小川さんと真田さんは悪い人に連れ去られたんでしょ？」

紗里奈は抑揚も豊かに話している。

「くうううん」

アリシアは悲しげに鳴いた。

紗里奈の言葉が伝わっているのか。いや、紗里奈の声のトーンで呼びかけている内容を感じ取っているのだろう。

「わたしは小川さんと真田さんを助けたいの。どうしても助けたいの」

ケージの扉に手を掛けて紗里奈はゆっくりと開いた。

アリシアがしゅるっと舗装路に降り立った。

すかさず紗里奈はアリシアの首に両手をまわして顔を引き寄せて、自分の頬をゆっくりと押し当てた。

「いい子ね。アリシアはいい子。わたしはアリシアが大好きよ」

やさしい声で紗里奈はアリシアに呼びかけている。

アリシアは目を閉じ、ふんふんと鼻を鳴らして心地よさそうだ。

紗里奈はアリシアの顔を抱いたまま、左右にゆっくり静かに揺らしている。自分も同じように身体を揺らしていた。

アリシアはおとなしくされるがままになっていた。

「さぁ、小川さんと真田さんを助けにいこうね」

紗里奈は右手でアリシアの背中をなでながら、左手を上杉に差し出した。

「ハーネス、渡してください」

上杉はあわててハーネスを紗里奈に渡した。

「ハーネス付けていいかな？」

アリシアは黙って鼻を鳴らしている。

紗里奈はハーネスの輪になっている部分をアリシアの首に通し、あっという間に装着してしまった。

急に表情を引き締め、アリシアは全身にしゃきっと力を入れて立った。

「ありがとう、アリシア。さぁ、一緒に仕事しようね」

紗里奈は励ますように言って、アリシアの頭をなでた。

アリシアは舌を出してはぁはぁと息を吐いている。

「すごいな……」

上杉は驚きに目を見張った。

紗里奈はあっという間にアリシアとの協働関係を築いてしまった。

「真田さんのディパックにハンカチとかあったらお願いします」

紗里奈は凜《りん》とした声で言った。

「わ、わかった」

上杉がディパックを覗き込むと花模様の白っぽいハンカチが出てきた。

「さぁ、真田さんの匂いを探して」

紗里奈はアリシアに頼んだ。

「わん」

アリシアはひと声吠《ほ》えた。

鑑識バンのまわりの地面に鼻をこすりつけるようにして、アリシアは何度も匂いを嗅《か》いだ。

すぐにアリシアはハーネスのハンドルを握る紗里奈を数メートル南側の路上まで引っ張っていった。

そのあたりの地面の匂いを嗅いでいたアリシアは、振り返って紗里奈の顔を見た。

「くぅうん」

悲しげな声でアリシアは鳴いた。

「そうなのね……」

紗里奈は低い声で言った。

「どうした？」

「アリシアは真田さんの匂いの痕跡《こんせき》を見つけました。ただ、それはこのあたりで消えているようです。ここから別のクルマに乗せられてどこかへ連れ去られたようです。犬は人間の数千倍から一億倍の嗅覚《きゅうかく》を持っているとも言われています。でも、匂いの痕跡から三メートルくらい離れるともう追えなくなるのです。アリシアはこの場所で真田さんの匂いをロスしたと教えてくれました」

紗里奈はしっかりと説明した。

「そうか……」

上杉は肩を落とすしかなかった。

「小川さんの持ち物でもやってみますが、おそらくは同じ結果でしょう」

紗里奈は小川の名刺入れを使ったが、結果はまったく同じだった。

「やはり、ここから連れ去られたのです」

浮かない声で紗里奈は言った。

「アリシアの力が借りられないとすると面倒なことになるな」

上杉は腕組みをして鼻から息を吐いた。

「しばらくアリシアのハンドルを持っていてください」

紗里奈に渡されたハーネスハンドルを上杉はしっかりと持った。

「ちょっとこのあたりを見てみますね」

紗里奈は自分のディパックから黒い筒のフラッシュライトを取り出した。

スイッチを入れると驚くほど明るい。

紗里奈は両膝《りょうひざ》を突き、這《は》うような恰好《かっこう》でアスファルトの路上を何度も観察している。

鑑識としての経験が息づいている姿勢だった。

「これ……もしかして」

半身を起こした紗里奈は左の掌《てのひら》に載せた緑っぽいものを右手に持ったライトで照ら

している。

「なにか見つかったか」

近づいた上杉に、紗里奈は掌を差し出して見せた。

「見てください。オナモミの実です」

紗里奈は力づよく言った。

「あ、これ見たことある。子どもの頃、投げ合いをして遊んだぞ。相手のセーターとかにひっつくんだ」

上杉は子ども時代をなつかしく思いだした。

「そうです。この種の種子は、人や動物の身体、衣類にくっついて分布域を広める種子散布様式を持つ種子や果実などで『ひっつき虫』と呼ばれます」

「その『ひっつき虫』がどうしたんだ？」

「いまテル兄は、子どもの頃よく遊んだと言っていましたね」

「ああ、ぜんぜん珍しくなかった。そこらの草藪《くさやぶ》にあったぞ」

「たしかにかつては、林、草原、荒地ばかりか道ばたや畑にも多く自生していたキク科の一年草です。でも、現在では環境省のレッドデータブックで絶滅危惧《きぐ》II類に指定されている希少野生植物なのです」

紗里奈はまるで植物学博士だ。

「本当かよ」

上杉は我が耳を疑った。

「ええ、近縁種のオオオナモミやイガオナモミに取って代わられ、オナモミ自体はどんどん減っているのです」

考え深げに紗里奈は言った。

「それでなにが言いたいんだ？」

上杉には紗里奈の主張する話の趣旨がわからなかった。

「このオナモミの実だけが頼りです。いえ、わたしたちを真田さんや小川さんのいる場所に導いてくれます」

例によって、紗里奈の瞳《ひとみ》に異様な光が輝いている。まるで巫女《みこ》のようだ。

「どういうことなんだ？」

上杉にはいまひとつピンとこなかった。

「一例を挙げれば、東京都区部や北多摩や伊豆諸島ではすでに絶滅しているはずです。関東地方には自生地は散在していますが、非常に限られた場所にしか生えていないと思います」

気難しげな顔で紗里奈は言った。

「そうなのか……まずは県内だな」

夏希たちがどこに連れて行かれたのかは不明だ。しかし、まずは近辺から探すべきだ。

「戸塚区周辺には自生していないはずです。県内の自生地を確認してみます」

紗里奈はポケットからスマホを取り出すと、いろいろと調べ始めた。

「やっぱり……『三浦半島のごく限られた場所にだけかろうじて分布が残っている』と記されたネットの記事を見つけました」

紗里奈は胸を張った。

「つまり、どういうことだ？」

「真田さんや小川さんを連れ去った人間の衣服にひっついて、ここまでやってきたのです。ここで乱闘騒ぎなどがあって衣服から路面に落ちたようにも思えます」

自信ありげに紗里奈は言った。

「それだ！」

上杉は紗里奈を指さして叫んだ。

「ただ、オナモミは通常は八月上頃から花が咲き、実が生《な》るのは九月中旬以降です。

こんなに早く実が生るのは珍しいのです。ですが、別のサイトで、三浦半島八月初旬に実を付けているオナモミの写真を見つけました。三浦半島の先端近くは温暖なので、たとえば伊豆《いず》諸島の名産であるアシタバなども自生しています。あるいは今年の暑さで早く実を付けた個体があるのかもしれません」

冷静な口調で紗里奈は答えた。

「ただな、三浦半島と言っても広いぞ。磯子区の円海山《えんかいざん》から藤沢市片瀬《かたせ》に至る線より南の地域はすべて三浦半島だ」

上杉は眉根《まゆね》を寄せた。

「ふたつのサイトともオナモミが自生していたのは、横須賀市天神島《てんじんじま》付近です。ほかのサイトでも天神島以外の場所での言及はみられません」

紗里奈は笑顔でスマホを見せた。

「佐島《さじま》マリーナかっ」

上杉が叫ぶと紗里奈はにこやかにうなずいた。

いつぞやの事件で夏希が監禁されたのも佐島の廃墟《はいきょ》だった。上杉はなにか不思議な因縁を感じた。と、同時に夏希と小川は絶対に佐島にいるという思いがこころにわき上がってきた。

「よしっ、アリシアを連れて佐島に急行だっ」

右手で作った拳《こぶし》を振り上げて、声高らかに上杉は叫んだ。

「アリシアちゃん、あなたのおかげで行き先が見つかったのよ。ありがとうね」

紗里奈はアリシアの頭や背中を何度も何度もなでている。

黙って気持ちよさそうになでられていた。

アリシアのハーネスを外してケージに戻し、上杉たちは出発した。

エンジンの調子もよくガソリンもほぼ満タンだった。

道路は空《す》いていて、すぐに横浜横須賀道路に乗れた。

「紗里奈はアリシアの扱いがすごく上手だな。驚いたよ」

ステアリングを握る上杉は助手席の紗里奈に言った。

「アリシアみたいなお利口さんは、真心で接すれば気持ちが伝わるの。それにアリシアちゃん自身も、大好きな小川さんや真田さんのピンチに気づいてたから」

「やっぱりアリシアはわかっていたか」

「ええ、そう感じました」

「佐島でも活躍してもらわなきゃな」

「きっとふたりを見つけ出してくれますよ」

紗里奈は確信に満ちた声を出した。

【4】

午後九時前に上杉たちは天神島に続く天神橋に到着していた。

天神島は小田和《こたわ》湾入口付近に浮かぶ周囲一キロのちいさな島だ。半島との間は十数メートルの水路を隔てているだけである。

上杉は天神島のマップを何度も眺めて紗里奈に言った。

「天神島の島内は違うだろうな。すぐそこの旧竹田宮《たけだのみや》家別邸である北原照久《きたはらてるひさ》氏のお屋敷と《はまゆう》って料理屋さん、佐島マリーナとホテル、ビジターセンターくらいしか建物がない。真田や小川を監禁できる場所がないんだ」

「おそらくはこの丘のどこかにある建物でしょうね。ここなら自然度が高そうなのでオナモミが自生しても不思議はありません」

紗里奈は県道佐島港線を挟んで北側の丘を指さした。

「丘の上には数軒しか家がないな。導入路は東と西の二本か。まずはアリシアと一緒にこの二本の道を歩いてみよう」

上杉にはここで必ずヒットするという予感があった。

ただ、今日の自分は拳銃《けんじゅう》を持っていない。それどころか、武器はなにひとつ携帯していなかった。

その点にいささかの不安を感じていた。

上杉たちは天神橋近くの広い駐車場を持つイタリアンレストランに頼んで、クルマを駐《と》めさせてもらった。

すでに営業は終えていたが、あと片づけをしていたシェフは警察と知ってこころよくOKしてくれた。市民のこうした協力はありがたい。

紗里奈はケージからアリシアを出してハーネスを付けた。

上杉たちは裏の丘、西側の導入路を目指した。

県道を芦名《あしな》方向に進み、ちいさなホテルのところで、アリシアに夏希のハンカチの匂いを嗅《か》がせた。

「アリシア、頑張ってね」

紗里奈はアリシアの頭をなでて、励ましの言葉を掛けた。

ホテル脇からクルマが一台通れるくらいの細い坂道に沿って丘に登ってゆく。

道の左右には雑草が生えていたり、崖《がけ》があったりした。

途中には六軒ほどの民家があった。

どの家も優雅なたたずまいで、こんな場所に住めたら幸せだなと思える屋敷だった。

だが、いちばん上の屋敷まで登っていっても、アリシアは反応を示さなかった。

「ダメか……」

上杉はがっかりした。オナモミの実以外に佐島地区に来る根拠はないのだ。

「東側の道から登り直してみましょうよ」

紗里奈は明るい声で言った。

上杉たちは県道まで下りて、武山《たけやま》方向に歩いた。

酒落《しやれ》たカフェのあるところが東側の導入路の入口だった。

紗里奈は、ふたたびアリシアに夏希のハンカチの匂いを嗅がせた。

この道も西側に負けず劣らず細い舗装道路だった。

西側の道とは違って道路の両脇はあまり手がつけられておらず、自然林や草むらが迫っていた。

一軒目の家を過ぎたあたりまで進んだときである。

「わんっ」

アリシアがいきなり吠《ほ》えた。

そのあたりの草むらに鼻先を突っ込んでアリシアは一所懸命なにかの匂いを嗅いでいる。

しばらくするとアリシアは、丸まった白いものをくわえて紗里奈の足もとに落とした。

フラッシュライトを点灯して紗里奈は白いものを照らした。

いつの間にか鑑識用の白手袋を両手に嵌《は》めている。

「ティッシュですよ！」

紗里奈は叫び声を上げた。

なるほどそれは丸まった使用済みのティッシュだった。

「これ……真田が使ったティッシュなのか？」

上杉はアリシアに訊《き》いた。

舌を出してはぁはぁ息を吐きながら、アリシアは得意げにしっぽを振り続けている。

「そうだと思います。アリシアちゃん興奮してますもん」

紗里奈の言葉には強い自信が感じられた。

「とにかく上まで登ってみよう」

上杉の気持ちは弾んできた。

「了解です」

丸まったティッシュを紗里奈は証拠収集袋に入れた。

ふたりは力強い足取りで坂道を登っていった。

「わんっ」

しばらく進むと、ふたたびアリシアが反応した。

アリシアは道路脇の草むらからまたも丸まったティッシュを見つけ出してきた。

「間違いないです。このふたつのティッシュは真田さんからアリシアちゃんへのメッセージです」

明るい声で言って紗里奈はティッシュを別の証拠収集袋に収めた。

「真田のヤツは、アリシアが来てくれることを信じていたんだな。だからこうして監禁される直前に自分の匂いのついたものを路上に落としていったんだ。間違いなくこの上に真田も小川もいるぞ」

上杉は自信を持って断言した。

ふたりは坂道を一番上まで登り切った。

アリシアの反応はなかった。

二度目にティッシュが見つかった場所から坂道の頂上までには二軒の家しかなかっ

た。

　下にあるのがレンガ造りの英国風の邸宅、上にあるのがコンクリート打ちっぱなしの現代的なデザイナーズハウスだった。どちらも豪邸である。

　上杉は二軒の家へのアプローチを考えた。

　至近距離の芦名駐在所の駐在所員に来てもらってもたいした力にはなるまい。

　佐竹に連絡して所轄の横須賀署に応援を頼むのが順当な方法だろう。

　だが、横須賀署は東京湾側にあり、ここまでは十数キロの距離がある。

　応援が来るまでには四〇分くらいは掛かるだろう。

　その間に、夏希や小川の身にもしものことがあったら、自分は一生後悔することになる。

　上杉の気持ちは決まった。

「よし、一軒ずつ家庭訪問だ」

　声を張って上杉は紗里奈に伝えた。

　ふたりはいちばん上にあるデザイナーズハウスのエントランスに向かった。

　門扉はなく、玄関へのアプローチは開放的だった。

　街灯のおかげで相当に明るかった。

「お花がきれい……」

アプローチにはたくさんの花が咲き乱れている。

個人で維持できるレベルではないと思われるので、造園業者が入っているに違いない。

アプローチから見ると、三階建てのように見える。

だが、敷地内の左手に下り坂の車道が見えているのでさらに下層階があるようだ。

白い壁にグラスエリアの多い建物はきわめて美しい現代的なデザインで、まるでリゾートホテルのような外観だ。

あるいは金満家の別荘なのだろうか。

右手の海方向には点々と灯《あか》りの並んだ渡り廊下が延びて三階建ての別館のような建物が見えている。

背の高い木扉の玄関のまるい飾りタイルの床の上に立った。

上杉はインターホンのボタンをゆっくりと押した。

しばらくボタンを押し続けても反応はなかった。

だが、豪奢《ごうしゃ》な建物にはいっぱいに灯《ひ》が入っている。

居留守を使っているに違いない。

しつこく上杉はボタンを押し続けた。

「なんですか」

インターホンから不機嫌な声が返ってきた。

「神奈川県警の者ですが、ちょっとお話を伺いたいのですが」

「なんの話ですか？」

「行方不明になっている人を捜しておりまして」

「うちには関係ありません」

それきり返事は絶えた。

この無愛想さはたいしたものだ。

警察と聞いて平気で無視できる市民は少ない。

上杉はこの豪邸に胡散《うさん》臭さを感じた。

「あ、待って！」

紗里奈が叫び声を上げた。

彼女が気を許した隙に、アリシアが飛び出していってしまったのだ。

「うわんっ」

アリシアは渡り廊下へと走った。

「そうか、やはりこの家だ。紗里奈はそこで待ってろっ」

上杉は植え込みをまたいで渡り廊下にいるアリシアのもとに駆け寄った。

口にティッシュのかたまりをくわえたアリシアは激しくしっぽを振っている。

そのときだった。

渡り廊下の端の木扉が開いて、別館からふたりの背の高い男が飛び出してきた。

「泥棒っ」

「不審者だ」

男たちは上杉に向かって突進してくる。

「落ち着け。神奈川県警だっ」

上杉は警察手帳を提示した。

「この野郎っ」

「逃がさないぞっ」

ふたりは木刀を振り上げて襲いかかってきた。

この連中は自分を警察官と知っていて半殺しにするつもりだと上杉にはわかった。

風がうなって木刀が次々に振り下ろされる。

上杉は素早く身をよけて敵の一打をかわした。

さっと距離を取って上杉は身構えた。

だが、上杉は丸腰だ。

木刀を手にした暴漢ふたりと素手で闘う術《すべ》はない。

逃げ出せば、かえって敵の思うつぼだろう。

上杉の額に汗がにじみ出た。

「聞けっ。俺は警察だっ」

上杉はもう一度叫んだ。

男たちはふたたび向かってきた。

そのときである。

「うわわんっ」

上杉の足もとからアリシアの黒い影が飛び出していった。

「ぎゃおっ」

右の男が叫んで横に向けてすっ飛んだ。

「痛《い》ててっ。痛《いて》えぇ」

アリシアは右の男のくるぶしに食らいついている。

「離せっ、離さないかっ」

男は悲痛な叫び声を上げ続けている。

木刀が転がる音が響いた。

「しめたっ」

上杉は落ちている木刀をさっと拾った。

中段に構えて左の男に対峙《たいじ》した。

「こいつ、やる気なのか」

左の男は低い声で言った。

「その程度の腕じゃあ、戦う前から勝負は決まっている」

上杉は含み笑いを浮かべて男を挑発した。

「何だとーっ」

男は大上段から木刀を振り下ろしてきた。

上杉は渡り廊下の石床に身を滑らせた。

脇腹をなぎ払うようにして一打を入れた。

「ぐえぇっ」

男は脇腹を抱えてうずくまった。

アリシアはすでに右の男から離れて上杉のかたわらでシャキッと立っている。

一段落と思ったのは早計だった。

別館から金髪の男が飛び出してきた。

「死ねっ」

絶叫が響いた。

男はナイフを両手で握って突進してくる。

凶悪な両の目が光っている。

この攻撃は防ぐのが難しい。下手をすると、こちらの腹を刺される。

上杉は油断なく中段に構えて凶刃を防ぐ態勢を取った。

「死ねやーっ」

額に汗がにじみ出る。

「うーっ」

アリシアが姿勢を低くしてうなり声を上げた。

「うえっ」

次の瞬間、金髪男は奇妙な声を上げて前に倒れた。

ナイフが床に転がる硬い音が石床に響いた。

背後に紗里奈が木刀をだらりと下げて立っていた。

「紗里奈……」

上杉がつぶやいたその刹那《せつな》、金髪男はえげつない叫び声を上げた。

「ぎゃぁあ、ぐぁあおあっ」

飛び出したアリシアが男のくるぶしに噛《か》みついたのだ。

男は歯を剝《む》きだし、背中を丸めてうなり続けている。

上杉はナイフを拾い上げて、腰のベルトに差した。

「テル兄、大丈夫?」

「こっちへ来るな……危ないじゃないか」

上杉はきつい声で叱った。

「だって……」

紗里奈は唇を尖《とが》らせた。

「すまん、助かった。もう大丈夫だ。ちょっと離れていろ」

つい荒い声を上げたことを恥じて、上杉はやわらかい声で言った。

「わかった」

わずかに微笑んできびすを返すと、紗里奈は数メートル離れた位置で立った。

上杉は横向きに倒れてうなっている金髪男の半身を起こした。

　アリシアはさっと身を離した。

　背後に回った上杉は、男の首の前面に木刀を当てた。

「おい、人質のところに案内しろ」

「ふざけんじゃねぇ」

　金髪男はつばを飛ばした。

「いきがるな。俺がちょっと機嫌を損ねたら、おまえの息なんて簡単に止まっちまうぞ」

　上杉は木刀を持つに少しだけ力を入れた。

「ぐ、ぐるしい」

　金髪男は悲鳴を上げた。

「おまえみたいな半端な小僧を何人半殺しにしたかな。手付けに腕の骨くらい折ってやろうか」

　低い声で上杉は男を脅しつけた。

「や、やめてくれ。連れてくから」

　紗里奈が自分をじっと見ているのに気づいた。

　しまった。福島一課長は自分のこうした態度を紗里奈に見せることを憂慮していたのだ。

「あなたを刑法第九五条の公務執行妨害罪で現行犯逮捕します」

上杉は言葉をあらためた。

「はぁ？」

金髪男はなにを言われているかわからないようだった。

「いいから、人質のところに本官を連れて行きなさい。いいですね」

きちんとした口調で上杉は言った。

「この建物のなかに入ってくれ」

男はとまどいながら言った。

「いいか、逃げようなんて考えたら、おまえから奪ったナイフが飛んでくぞ」

低い声で上杉は恫喝《どうかつ》した。

「逃げやしねぇよ」

金髪男はふて腐れた声を出した。

上杉は男から身を離した。

上杉はうなって転がっているふたりの木刀男の片手ずつをつなげて手錠を掛けておいた。

金髪男の言葉に従って、上杉、紗里奈、アリシアは三階までエレベーターで上がった。

一階にちょうどよい物入れがあったので、金髪男はそのなかに突っ込んで木刀をかんぬき代わりに引き手に突っ込んで閉じ込めておいた。

上杉たちは廊下を進んで端から二番目の部屋の扉の前に立った。

「アリシアのハンドルを握ってここで待機していてくれ」

振り返った上杉が命ずると、紗里奈はおとなしくうなずいた。

上杉は扉を静かにノックした。

「神奈川県警です。ここを開けてください」

ことさらにていねいな口調で上杉は言った。

扉が開いてスキンヘッドのいかつい男が飛び出してきた。

「なんでぇ、ふたりか」

男は小馬鹿にしたように言った。

「一階で三名を公務執行妨害罪で現行犯逮捕しました。あなたは四人目になりたいですか」

上杉はていねいな口調で言った。

「なんだって！」

男は目を見開いた。

「もう逃げられませんよ。この建物は警官隊によって包囲されています」

上杉は口からでまかせを言った。

だが、何台ものパトカーのサイレンが近づいて来る。

そうか、紗里奈が応援を呼んだのだ。横須賀署ではなく、たまたま近くにいた刑事部の機動捜査隊や地域部の自動車警ら隊のパトカーだろう。

男はぼう然と突っ立っている。

「入りますよ」

上杉は室内に入って目を見開いた。

撮影スタジオのような場所で、夏希がキャスター席にいる。

カメラの脇に見知らぬ男が立っていた。

「上杉さんっ」

夏希は大声で叫んだ。

「おう、真田、無事か」

「はい、わたしはなんともないんですが、小川さんが……」

夏希が指さす先を見て上杉は息を呑《の》んだ。

上半身がアザだらけの小川を見て上杉は胸が痛くなった。

「俺は無事じゃありませんけど、生きてます」

小川は力なく答えた。

「ずいぶん派手にやられたな」

上杉はわざと平板な声で言った。

「急所は外れてますし、俺の勘じゃ骨折はしていません」

小川は冷静に自分の状況を伝えた。

「紗里奈、救急要請だっ」

上杉は背後に向かって叫んだ。

「了解っ」

そのとき黒い影が部屋を横切った。

アリシアは小川の足もとに進んだ。

「くうううん」

アリシアは小川のスネのあたりに顔をくっつけて鳴き声を上げた。

「アリシア、おまえが来てくれたのか」

小川はのどを詰まらせた。

「ああ、真田が洟《はな》をかんでティッシュで道しるべを作ってくれたおかげだ」

「よかった。役に立ったんですね」

夏希は明るい声を出した。

「さてと……」

上杉は部屋の隅でうずくまって震えている若い男に歩み寄った。

この男が首謀者に違いない。

「あんたか。このふたりを苦しめたのは？」

つよい口調で上杉は訊《き》いた。

「ごめんなさい、ごめんなさい」

若い男は床に頭をつけてうわごとのように謝っている。

「そいつはね、半年前から億万長者なんだ。オヤジが死んでこの家も高級車もなにもかも相続したんだよ。俺たち、食いっぱぐれた人間を集めて、てめえのつまらねぇ趣味の世界を追求するんだってバカ丸出しの毎日だ。こんなスタジオ作ってディレクター気取りなんだから笑っちゃうぜ」

スキンヘッドは、主犯と思われる男をこき下ろし始めた。

「ロワって自称はなに？」

夏希が訊いた。

「あんた、知らなかったのか。ロワってのはフランス語で王様のことだよ。まったく王様気取りの嫌味な野郎だ。ムカつくことばっかりなんで、俺もそろそろおさらばしようと思ってたとこだよ。警官をさらうなんてバカなことするから俺も刑務所に逆戻りじゃねぇか。いくら月に一〇〇万もらえるからってさっさと見限っておきゃよかったよ。ほんとにワガママでバカなヤツさ」

スキンヘッドは吐き捨てるように言った。

「へぇ、立派な機械だな」

上杉はなんの気なく並んでいるボタンのひとつを押した。

「皆さん、お元気ですか。神奈川県警のかもめ★百合です。わたしはいま海辺の素敵なスタジオにいます。夏真っ盛り、ビーチでは恋の季節ですね。この夏は久しぶりにわたしもビキニに挑戦しようかな、えへへ、最近ちょっとダイエットしたいなって思っちゃって……」

モニターテレビのなかで夏希がとんでもないことを喋《しゃべ》っている。

引き攣《つ》った笑顔とまったく似つかわしくない。

「なんだ、こりゃあ」

上杉は絶句した。

夏希があわてて動画を止めた。

「言うとおりに喋らないと、この男が小川さんを竹刀で叩《たた》いてたのよ」

顔を真っ赤にして夏希は手を横に振った。

「そんな役割、俺はまっぴらごめんだったよ」

スキンヘッドはふて腐れたように答えた。

「おまえは人間をオモチャにしたかったのか？」

上杉は若い男に詰め寄った。

「ごめんなさい、ごめんなさい」

若い男は相変わらず、うわごとのように謝り続けている。

上杉はこの家のすべてのことにあきれかえっていた。

制服私服の警官がなだれ込むように入ってきた。

「刑事部根岸分室長の上杉だ。縛られている小川巡査部長を早急に救急搬送してくれ。この屋敷の者は全員、横須賀署に引っ張れ」

上杉の言葉に何人かが「了解」と答え、ロワとかいう若僧とスキンヘッドを連行していった。

救急隊が到着し、警官たちが小川の手錠を外してストレッチャーに乗せた。

「上杉さん、また助けられました。感謝です」

小川はストレッチャーの上でお辞儀した。

「早くケガが治るといいな。見舞いに行くよ」

言葉に力を入れて上杉は励ました。

「小川さん、ずっと守ってくれてありがとう」

涙をいっぱいに溜《た》めて夏希は頭を下げた。

「かもめ★百合のデビュー待ってるよ」

小川は口もとを歪《ゆが》めて笑った。

「バカ……」

夏希の瞳《ひとみ》から涙があふれ出た。

救急隊員がストレッチャーを引っ張っていった。

「あのー」

おずおずと紗里奈が夏希に近づいた。

「わたし、根岸分室員にして頂いた五条紗里奈です」

紗里奈はちいさな声であいさつした。

「あなたが！」

夏希は目を見張って紗里奈を見た。

「はい、アリシアちゃんとはお友だちになりました。これから仲よくしてください」

こくんと紗里奈は頭を下げた。

「こちらこそ、よろしくお願いします。仲よくしてね」

あたたかい声で夏希は言った。

「ありがとうございます」

恥ずかしそうに紗里奈は言った。

「上杉さん、これから大変だね。大切な娘さんができて」

冗談でもなさそうに夏希は言った。

「馬鹿野郎、俺はそんな年じゃない」

苦り切って上杉は答えた。

「ふふふふふ」

おかしな声で夏希は笑った。

「小川の快気祝いをやんなきゃな」

上杉はあわてて話題を変えた。

「もちろん。盛大にやりましょう」
夏希も大きくうなずいた。
小川も夏希も無事でよかった。
たしかに小川はひどい目に遭ったが、後遺症が残ることはなさそうだ。
上杉はそれだけでじゅうぶんだった。
遠くで波の音が響き続けている。
そう言えば、今日は新月。旧暦の朔日《ついたち》だ。
新しいなにかが始まるような、そんな予感を上杉は覚えていた。

【5】

翌土曜日の夜、真田夏希が根岸分室に遊びに来た。
みなとみらいでショッピングをした帰りだという。
監禁されていた疲れはすっかり癒《い》えたらしい。
電話で連絡を受けていた上杉たちは大量のビールを買い込んで待っていた。
昨日の現場で現在の根岸分室のようすを紗里奈から聞き、興味を持ったらしい。

「うわ、びっくり」

　部屋に入るなり、目を見開いて夏希は叫んだ。

「見違えちゃいましたよ」

　明るい声で夏希は室内を見まわした。

　夏希は三年以上前に何日かこの部屋で働いたことがある。

　忘れていたが、そのあとにも加藤《かとう》、石田《いしだ》、小川たちとここで飲んだこともあった。

「そ、そうか……」

　うろたえ気味に上杉は答えた。

「そうですとも。失礼ですけど、ほこりだらけの倉庫みたいだったあの部屋とは思えません」

　微笑みを浮かべて夏希は言った。

　上杉としては返す言葉がなかった。

「あんまり汚かったから無理やり掃除しちゃったんです」

　紗里奈が楽しそうに笑った。

　彼女は今日も白Tシャツにデニムという恰好《かっこう》で、いつも通り化粧っ気もない。

「大変だったでしょう？　悲惨な状態でしたもんね」

遠慮会釈もない調子で夏希は言った。

「いまはわりあいヒマですから」

屈託なく紗里奈は答えている。

どうやらこのふたりは気が合うらしい。

「ねぇ、あの奥にあるのは動物を飼ってるケージじゃないの?」

夏希は部屋の奥に置かれたピリナのケージを指さした。

いまはライトグレーのカバーが掛かっている。

「ピリナちゃんのおうちです」

紗里奈は満面の笑みで答えた。

「ピリナちゃんって?」

夏希は首を傾げた。

「メスのタイハクオウム……」

「そうなの? 会ってみたいな」

「ごめんなさい。彼女はもうお休みの時間なんです。オウムは一〇時間以上は寝るから……」

言い訳するように紗里奈は答えた。

上杉はなんだかホッとした。ピリナが起きていればなにを喋り出すかわからない。

「そうなの。じゃあ、今度は昼間に会いに来るね」

夏希は嬉《うれ》しそうに言った。

「はい、ぜひ今度はピリナとお話ししてください」

誘うような調子で紗里奈は言った。

「ええ……ところで、ピリナってハワイ語でしょ？」

口もとをほころばせて夏希は言った。

「そうです。真田さん、よくご存じですね」

驚いた顔で紗里奈は夏希を見た。

「名字じゃなくて夏希って呼んでね。ピリナって『絆《きずな》』って意味だよね」

興味深そうに夏希は紗里奈の顔を見た。

「はい、わたしの好きな言葉なんです」

弾んだ声で紗里奈は答えた。

そうだったのか。たんにカリナ、サリナ、ピリナの三姉妹ではなかったのだ。

紗里奈がオウムの名に『絆』という言葉を選んだことに、上杉は明るい希望を持った。

「夏希さん、どうぞお掛けになってください」

紗里奈はソファに手を差し伸べて誘った。

「ありがとう。このカバーもかわいい。ギンガムチェックなんて、上杉さんなら夢のなかでも選ばないね」

夏希は大きな紙袋を抱えてソファに座った。

「言えてる、言えてる」

ソファの座面をかるく掌《てのひら》で叩いて紗里奈は喜んだ。

「まぁ、そうだな」

上杉は苦笑せざるを得なかった。

「いろいろ買ってきたの。まずは乾杯といきましょう」

夏希は紙袋をちょっと持ち上げてみせた。

「ありがとうございます。その袋ください。支度してきます」

紗里奈は紙袋を受けとってキッチンに消えた。

しばらくすると、テーブルの上には夏希が買ってきたちょっと豪華な惣菜が並んだ。

まずは冷えている缶ビールで乾杯だ。

「乾杯！」

ソファに座った三人は、金色の三五〇mlを高く掲げて宙で合わせた。

エアコンは効いているが、冷たいビールは格別だ。

「わたしね、上杉さんたちとお姉さんのお墓参りに行ったんだよ」

しんみりした口調で夏希は言った。

「そうなんですか！」

紗里奈は驚きの叫びを上げた。

「おっと、香里奈の話は禁止だ」

怖い顔を作って上杉は制止した。

「なんでですか」

「あることないこと喋《しゃべ》られても困るからな」

上杉は唇を突き出した。

「信用ないんですね」

夏希は口を尖《とが》らせた。

「話してないことのほうが多いし、真田はいろいろと誤解してるフシがある」

香里奈の話は酒の席ではしてほしくない。

「まぁ、いいや。紗里奈ちゃんも道産子《どさんこ》？」

夏希はあきらめたらしく、話題を変えた。

「そうなんです」

「わたし函館の谷地頭《やちがしら》電停の近くに実家があるんだよ」

「えっ、函館人なんですね！　わたし七年くらい昭和橋《しょうわばし》電停の西っ側に住んでました」

紗里奈ははしゃぎ声を出した。

「そうか、市電で動けばすぐ近くだね。裁判所のあたり？」

「はい、新川《しんかわ》公園の北側です」

それから紗里奈と夏希はしばらく函館の話に興じていた。

「函館人のソウルフードって言えば、やっぱり《ラッキーピエロ》だよね？」

「そうそう、高校生の頃はずいぶん《ラッピ》に通いました」

「わたしなんて高校の頃、フトッチョバーガーが食べたくて食べたくて、いつもお財布の中身と相談してた」

夏希は恥ずかしそうに言った。

「えー、あんなに大きいの、わたし無理」

紗里奈は眉根《まゆね》を寄せた。

「あとは《ヴィクトリアンローズ》のアフタヌーンティーセットかな」

「旧イギリス領事館の……夏希さんってリッチ！」

「あれは一年に三回くらいかな。もちろん友だちとね」

「いいなぁ。わたし食べたことないんですよ」

ふたりの会話を聞いていると、食べ盛りの女子高生そのものだ。

この手の話柄に慣れない上杉は黙って聞き役になっていた。

紗里奈のこんな生き生きとしたようすを見られて上杉は嬉しかった。

夏希が紗里奈のよい先輩になってくれることを上杉はこころから祈った。

酒が進んで、冷蔵庫のビールも残り少なくなってきた。

そろそろ夏希が持って来てくれた赤ワインを開けてみようか。

気づいてみると、夏希が紗里奈の顔をじっと見ている。

「ねぇ、紗里奈ちゃん、ちょっと一緒に洗面所に来てくれない？」

微笑みを浮かべて夏希がゆったりと言った。

「え？　どうしてですか？」

きょとんとした顔で紗里奈は訊《き》いた。

「いいからいいから」

笑いながら夏希は立ち上がった。

一〇分ほど待っただろうか。

「驚かないでくださいね」

戻ってきた夏希がいたずらっぽい顔で上杉を見た。

次の瞬間、夏希が身をよけた。

目の前立つ女性を見て、上杉は息を呑《の》んだ。

「香里奈……」

そこには蘇《よみがえ》った香里奈が立っていた。

目を瞬《しばたた》いて、上杉はもう一度、その顔をじっと見つめた。

いや、香里奈よりもずっと美しい。

「ファンデーションと口紅以外はわたしの手持ちの化粧品を使ったんです。アイシャドー、アイライナー、マスカラ、アイブロー、チーク……使ってないブラシがあったんで、リップグロスも入れてみました」

夏希は歌うように言って言葉を継いだ。

「紗里奈ちゃん、きれいでしょ」

にっこりと笑って夏希は答えた。

「あ、ああ……きれいだ」

上杉は放心したように答えた。

紗里奈は少しうつむいて床を見つめている。

怒っているようには見えなかった。

「ヘアスタイルを考えて、服をちゃんとコーディネートしたら、すごい美人になりますよ」

嬉《うれ》しそうに夏希は言った。

少し顔を上げた紗里奈は、真っ赤になっていた。

「真田が化粧したのか」

ぼう然としたままで、上杉は訊いた。

「そう……こんなに美人なのに、お化粧しなきゃもったいないって思って」

にこやかに夏希は答えた。

「なにか特別な化粧なのか」

驚きの上杉の問いに夏希は静かに首を横に振った。

「ごくふつうのお化粧ですよ。あのね……紗里奈ちゃん、お化粧の仕方がわからないんですって。ちゃんと勉強したことないのね」

やわらかい声で夏希は言った。

「そうなんです……だから嫌い……」

ちいさな声で紗里奈は答えた。

「とくに化粧を拒否してるってわけじゃないんだな」

「嫌いなだけ……」

ぽつりと紗里奈は答えた。

上杉はひとつの答がはっきりしたような気がした。

「お化粧、教えてあげるよ」

夏希は明るい声で言った。

「ありがとうございます。でも、わたし、お化粧はいいんです」

紗里奈はあいまいな顔つきで首を横に振った。

その表情を夏希はじっと見ていた。

「そう……警察官ならお化粧しなくてもいいもんね」

のんきな調子で夏希は答えた。

「だから、警察に入ったんです」

聞き取れないような声で紗里奈は答えた。

「そうだったのか……」

上杉はまたひとつの答がわかった気がした。

「はい……でも、自分には合わないところでした」

紗里奈はかすれた声で言った。

夏希はなにも言わず微妙な表情で紗里奈を見ている。

「でも、根岸分室に来られてよかったです」

恥ずかしそうに紗里奈は言った。

もう一度、上杉は紗里奈の顔を見た。

美しい。だが、香里奈とはまったく違う。

香里奈はもっと成熟した魅力を持つ大人の女性だった。

顔かたちはきれいだが、紗里奈は育ちきっていないようなアンバランスさを感じさせる。

なんだか、成人式の娘を見るような気持ちだった。

あわてて内心で上杉は首を横に振った。

自分はそんな柄ではないし、そんな歳でもない。

「責任重大ですね。上杉さん」

夏希がまじめな声で言った。

答えに窮した。

「ちょっとタバコ吸ってくる」

上杉はあわてて外階段へと出た。

室内からは紗里奈と夏希がなにかの話をして笑い合っている声が聞こえる。

タバコに火をつけながら、上杉は空を見上げた。

月は見えず、わずかな星が力なく光っている。

かすかに潮の香りを乗せた蒸し暑い風が吹き続けている。

紗里奈を守っていかねばならない……。

それが亡き香里奈から自分に残された責務のような気がした。

市道の向こうからは根岸線の通り過ぎる音が響いてきた。

根岸分室で動き出した新しい時間に、上杉はあらためて自分の責任の重さを感じていた。

（本書は書き下ろしです。本作はフィクションであり、
登場する人物・組織などすべて架空のものです）

脳《のう》科《か》学《がく》捜《そう》査《さ》官《かん》　真《さな》田《だ》夏《なつ》希《き》

アナザーサイドストーリー

鳴《なる》神《かみ》響《きよう》一《いち》

令和5年 8月25日　初版発行

発行者●山下直久

発行●株式会社KADOKAWA
〒102-8177　東京都千代田区富士見2-13-3
電話　0570-002-301(ナビダイヤル)

角川文庫 23770

印刷所●株式会社暁印刷
製本所●本間製本株式会社

表紙画●和田三造

●お問い合わせ
https://www.kadokawa.co.jp/ (「お問い合わせ」へお進みください)
※内容によっては、お答えできない場合があります。
※サポートは日本国内のみとさせていただきます。
※Japanese text only

ISBN 978-4-04-113884-7 C0193